Hoffmann | Der goldne Topf

Reclam XL | Text und Kontext

Dieses Buch wurde klimaneutral gedruckt.

Alle CO_2-Emissionen, die beim Druckprozess unvermeidbar entstanden sind, haben wir durch ein Klimaschutzprojekt ausgeglichen.

Nähere Informationen finden Sie hier:

Klimaneutral
Druckprodukt
ClimatePartner.com/14058-1912-1001

E. T. A. Hoffmann
Der goldne Topf

Ein Märchen aus der neuen Zeit

Herausgegeben von Heike Wirthwein

Reclam

Der Text dieser Ausgabe ist seiten- und zeilengleich mit der Ausgabe der Universal-Bibliothek Nr. 101. Er wurde auf der Grundlage der gültigen amtlichen Rechtschreibregeln orthographisch behutsam modernisiert.

Zu diesem Text gibt es eine Interpretationshilfe:
E. T. A. Hoffmann, *Der goldne Topf*.
Lektüreschlüssel XL (Nr. 15470)

E-Book-Ausgaben finden Sie auf unserer Website unter www.reclam.de/e-book

Reclam XL | Text und Kontext | Nr. 16108
2016, 2021 Philipp Reclam jun. Verlag GmbH,
Siemensstraße 32, 71254 Ditzingen
Durchgesehene Ausgabe 2021
Druck und Bindung: Eberl & Koesel GmbH & Co. KG,
Am Buchweg 1, 87452 Altusried-Krugzell
Printed in Germany 2021
RECLAM ist eine eingetragene Marke
der Philipp Reclam jun. GmbH & Co. KG, Stuttgart
ISBN 978-3-15-016108-1

Auch als E-Book erhältlich

www.reclam.de

Die Reihe bietet neben dem Text Worterläuterungen in Form von Fußnoten und Sacherläuterungen in Form von Anmerkungen im Anhang, auf die am Rand mit Pfeilen (↗) verwiesen wird. Quellen im Anhang werden mit dem Zeichen **Q** kenntlich gemacht.

Inhalt

Der goldne Topf

Ein Märchen aus der neuen Zeit

Erste Vigilie

Die Unglücksfälle des Studenten Anselmus. Des Konrektors Paulmann Sanitätsknaster und die goldgrünen Schlangen.

Am Himmelfahrtstage, nachmittags um drei Uhr, rannte ein junger Mensch in Dresden durchs Schwarze Tor, und geradezu in einen Korb mit Äpfeln und Kuchen hinein, die ein altes hässliches Weib feil bot, so, dass alles, was der Quetschung glücklich entgangen, hinausgeschleudert wurde, und die Straßenjungen sich lustig in die Beute teilten, die ihnen der hastige Herr zugeworfen. Auf das Zetergeschrei, das die Alte erhob, verließen die Gevatterinnen ihre Kuchen- und Branntweintische, umringten den jungen Menschen und schimpften mit pöbelhaftem Ungestüm auf ihn hinein, so dass er, vor Ärger und Scham verstummend, nur seinen kleinen nicht eben besonders gefüllten Geldbeutel hinhielt, den die Alte begierig ergriff und schnell einsteckte. Nun öffnete sich der festgeschlossene Kreis, aber indem der junge Mensch hinausschoss, rief ihm die Alte nach: Ja renne – renne nur zu, Satanskind – ins Kristall bald dein Fall – ins Kristall! – Die gellende, krächzende Stimme des Weibes hatte etwas Entsetzliches, so dass die Spaziergänger verwundert stillstanden, und das Lachen, das sich erst verbreitet, mit einem Mal verstummte. – Der Student Anselmus (niemand anders war der junge Mensch) fühlte sich, unerachtet er des Weibes sonderbare Worte durchaus nicht verstand, von einem unwillkürlichen Grausen ergriffen, und er beflügelte noch mehr seine Schritte, um sich den auf ihn gerichteten Blicken der neugierigen Menge zu entziehen. Wie er sich nun durch das Gewühl geputzter Menschen durcharbeitete, hörte er überall murmeln: »Der arme junge Mann – Ei! – über das verdammte Weib!« – Auf ganz sonderbare Weise hatten die geheimnisvollen Worte der Alten dem lächerlichen Abenteuer eine gewisse tragische Wendung gegeben, so

1 **Vigilie:** (lat.) Nachtwache; hier Bezeichnung für die Kapitel; vgl. auch Anm. zu 5,1 | 3 **Sanitätsknaster:** billiger (Pfeifen-)Tabak, abwertender studentischer Ausdruck; vgl. auch Anm. zu 5,2 f. | 11 f. **Gevatterinnen:** hier: die anderen Marktfrauen | 20 **Kristall:** Flasche aus (Kristall-)Glas; vgl. auch Anm. zu 5,20 | 30 **geputzter:** festlich gekleideter

dass man dem vorhin ganz Unbemerkten jetzt teilnehmend nachsah. Die Frauenzimmer verziehen dem wohlgebildeten Gesichte, dessen Ausdruck die Glut des innern Grimms noch erhöhte, sowie dem kräftigen Wuchse des Jünglings alles Ungeschick, sowie den ganz aus dem Gebiete aller Mode liegenden Anzug. Sein hechtgrauer Frack war nämlich so zugeschnitten, als habe der Schneider, der ihn gearbeitet, die moderne Form nur von Hörensagen gekannt, und das schwarzatlasne wohlgeschonte Unterkleid gab dem Ganzen einen gewissen magistermäßigen Stil, dem sich nun wieder Gang und Stellung durchaus nicht fügen wollte. – Als der Student schon beinahe das Ende der Allee erreicht, die nach dem Linkischen Bade führt, wollte ihm beinahe der Atem ausgehen. Er war genötigt, langsamer zu wandeln; aber kaum wagte er den Blick in die Höhe zu richten, denn noch immer sah er die Äpfel und Kuchen um sich tanzen, und jeder freundliche Blick dieses oder jenes Mädchens war ihm nur der Reflex des schadenfrohen Gelächters am Schwarzen Tor. So war er bis an den Eingang des Linkischen Bades gekommen; eine Reihe festlich gekleideter Menschen nach der andern zog herein. Musik von Blasinstrumenten ertönte von innen, und immer lauter und lauter wurde das Gewühl der lustigen Gäste. Die Tränen wären dem armen Studenten Anselmus beinahe in die Augen getreten, denn auch er hatte, da der Himmelfahrtstag immer ein besonderes Familienfest für ihn gewesen, an der Glückseligkeit des Linkischen Paradieses teilnehmen, ja er hatte es bis zu einer halben Portion Kaffee mit Rum und einer Bouteille Doppelbier treiben wollen, und um so recht schlampampen zu können, mehr Geld eingesteckt, als eigentlich erlaubt und tunlich war. Und nun hatte ihn der fatale Tritt in den Äpfelkorb um alles gebracht, was er bei sich getragen. An Kaffee, an Doppelbier, an Musik, an den Anblick der geputzten Mädchen – kurz! – an alle geträumten Genüsse war nicht zu denken; er schlich langsam vorbei und schlug

9 **schwarzatlasne:** aus schwarzer Seide (von geringer Qualität) | 10 **magistermäßigen:** schulmeisterlichen | 29 **Bouteille:** (frz.) Flasche | 29 **Doppelbier:** starkes Bier | 30 **schlampampen:** schlemmen, ausgiebig essen und trinken | 32 **der fatale Tritt:** der verhängnisvolle Tritt

endlich den Weg an der Elbe ein, der gerade ganz einsam war. Unter einem Holunderbaume, der aus der Mauer hervorgesprossen, fand er ein freundliches Rasenplätzchen; da setzte er sich hin und stopfte eine Pfeife von dem Sanitätsknaster, den ihm sein Freund, der Konrektor Paulmann, geschenkt. – Dicht vor ihm plätscherten und rauschten die goldgelben Wellen des schönen Elbstroms, hinter demselben streckte das herrliche Dresden kühn und stolz seine lichten Türme empor in den duftigen Himmelsgrund, der sich hinabsenkte auf die blumigen Wiesen und frisch grünenden Wälder, und aus tiefer Dämmerung gaben die zackichten Gebirge Kunde vom fernen Böhmerlande. Aber finster vor sich hinblickend, blies der Student Anselmus die Dampfwolken in die Luft, und sein Unmut wurde endlich laut, indem er sprach: »Wahr ist es doch, ich bin zu allem möglichen Kreuz und Elend geboren! – Dass ich niemals Bohnenkönig geworden, dass ich im Paar oder Unpaar immer falsch geraten, dass mein Butterbrot immer auf die fette Seite gefallen, von allem diesen Jammer will ich gar nicht reden; aber, ist es nicht ein schreckliches Verhängnis, dass ich, als ich denn doch nun dem Satan zum Trotz Student geworden war, ein Kümmeltürke sein und bleiben musste? – Ziehe ich wohl je einen neuen Rock an, ohne gleich das erste Mal einen Talgfleck hineinzubringen, oder mir an einem übel eingeschlagenen Nagel ein verwünschtes Loch hineinzureißen? Grüße ich wohl je einen Herrn Hofrat oder eine Dame, ohne den Hut weit von mir zu schleudern, oder gar auf dem glatten Boden auszugleiten und schändlich umzustülpen? Hatte ich nicht schon in Halle jeden Markttag eine bestimmte Ausgabe von drei bis vier Groschen für zertretene Töpfe, weil mir der Teufel in den Kopf setzt, meinen Gang geradeaus zu nehmen, wie die Laminge? Bin ich denn ein einziges Mal ins Kollegium, oder wo man mich sonst hinbeschieden, zu rechter Zeit gekommen? Was half es, dass ich eine halbe Stunde vorher ausging, und mich vor die Tür hinstellte,

9 **lichten:** hier: leuchtenden, strahlenden | 12 **zackichten:** zackigen | 17 f. **Paar oder Unpaar:** Ratespiel | 24 **Rock:** Herrenmantel | 29 **umzustülpen:** hier: zu stürzen | 33 **Laminge:** Lemminge: Wandermäuse; weichen Hindernissen nicht aus | 34 **Kollegium:** hier: Vorlesung

den Drücker in der Hand, denn sowie ich mit dem Glockenschlage aufdrücken wollte, goss mir der Satan ein Waschbecken über den Kopf, oder ließ mich mit einem Heraustretenden zusammenrennen, dass ich in tausend Händel verwickelt wurde, und darüber alles versäumte. – Ach! ach! wo seid ihr hin, ihr seligen Träume künftigen Glücks, wie ich stolz wähnte, ich könnte es wohl hier noch bis zum geheimen Sekretär bringen! Aber hat mir mein Unstern nicht die besten Gönner verfeindet? – Ich weiß, dass der Geheime Rat, an den ich empfohlen bin, verschnittenes Haar nicht leiden mag; mit Mühe befestigt der Friseur einen kleinen Zopf an meinem Hinterhaupt, aber bei der ersten Verbeugung springt die unglückselige Schnur, und ein munterer Mops, der mich umschnüffelt, apportiert im Jubel das Zöpfchen dem Geheimen Rate. Ich springe erschrocken nach, und stürze über den Tisch, an dem er frühstückend gearbeitet hat, so dass Tassen, Teller, Tintenfass – Sandbüchse klirrend herabstürzen, und der Strom von Schokolade und Tinte sich über die eben geschriebene Relation ergießt. ›Herr, sind Sie des Teufels!‹, brüllt der erzürnte Geheime Rat, und schiebt mich zur Tür hinaus. – Was hilft es, dass mir der Konrektor Paulmann Hoffnung zu einem Schreiberdienste gemacht hat, wird es denn mein Unstern zulassen, der mich überall verfolgt! – Nur noch heute! – Ich wollte den lieben Himmelfahrtstag recht in der Gemütlichkeit feiern, ich wollte ordentlich was daraufgehen lassen. Ich hätte ebenso gut wie jeder andere Gast in Linkes Bade stolz rufen können: Marqueur – eine Flasche Doppelbier – aber vom besten bitte ich! – Ich hätte bis spät abends sitzen können, und noch dazu ganz nahe bei dieser oder jener Gesellschaft herrlich geputzter schöner Mädchen. Ich weiß es schon, der Mut wäre mir gekommen, ich wäre ein ganz anderer Mensch geworden; ja, ich hätte es so weit gebracht, dass wenn diese oder jene gefragt: Wie spät mag es wohl jetzt sein? oder: Was ist denn das, was sie spielen? da wäre ich

5 **Händel:** Streit | 9 **Unstern:** unheilbringender Stern | 10 **Geheime Rat:** Beamter (in hoher politischer Stellung); vgl. auch Anm. zu 8,11 | 18 **Sandbüchse:** Büchse mit (Streu-)Sand zum Trocknen der Tinte | 20 **Relation:** (lat.) Bericht | 29 **Marqueur:** (franz.) hier: Kellner

mit leichtem Anstande aufgesprungen, ohne mein Glas umzuwerfen oder über die Bank zu stolpern; mich in gebeugter Stellung anderthalb Schritte vorwärts bewegend, hätte ich gesagt: Erlauben Sie, Mademoiselle, Ihnen zu dienen, es ist die Ouvertüre aus dem Donauweibchen, oder: Es wird gleich sechs Uhr schlagen. – Hätte mir das ein Mensch in der Welt übel deuten können? – Nein! sage ich, die Mädchen hätten sich so schalkhaft lächelnd angesehen, wie es wohl zu geschehen pflegt, wenn ich mich ermutige zu zeigen, dass ich mich auch wohl auf den leichten Weltton verstehe und mit Damen umzugehen weiß. Aber da führt mich der Satan in den verwünschten Äpfelkorb, und nun muss ich in der Einsamkeit meinen Sanitätsknaster –« Hier wurde der Student Anselmus in seinem Selbstgespräche durch ein sonderbares Rieseln und Rascheln unterbrochen, das sich dicht neben ihm im Grase erhob, bald aber in die Zweige und Blätter des Holunderbaums hinaufglitt, der sich über seinem Haupte wölbte. Bald war es, als schüttle der Abendwind die Blätter, bald, als kos'ten Vögelein in den Zweigen, die kleinen Fittige im mutwilligen Hin- und Herflattern rührend. – Da fing es an zu flüstern und zu lispeln, und es war, als ertönten die Blüten wie aufgehangene Kristallglöckchen. Anselmus horchte und horchte. Da wurde, er wusste selbst nicht wie, das Gelispel und Geflüster und Geklingel zu leisen halbverwehten Worten:

»Zwischendurch – zwischenein – zwischen Zweigen, zwischen schwellenden Blüten, schwingen, schlängeln, schlingen wir uns – Schwesterlein – Schwesterlein, schwinge dich im Schimmer – schnell, schnell herauf – herab – Abendsonne schießt Strahlen, zischelt der Abendwind – raschelt der Tau – Blüten singen – rühren wir Zünglein, singen wir mit Blüten und Zweigen – Sterne bald glänzen – müssen herab – zwischendurch, zwischenein schlängeln, schlingen, schwingen wir uns Schwesterlein.« –

4 **Mademoiselle:** (franz.) Fräulein | 5 **Ouvertüre:** Eröffnung einer Oper | 5 **Donauweibchen:** Titel einer Oper von Ferdinand Kauer und Karl Friedrich Hensler | 20 **kos'ten:** turteln, zärtlich plaudern | 20 f. **Fittige:** Flügel | 22 **lispeln:** hier: flüstern

So ging es fort in Sinne verwirrender Rede. Der Student Anselmus dachte: das ist denn doch nur der Abendwind, der heute mit ordentlich verständlichen Worten flüstert. – Aber in dem Augenblick ertönte es über seinem Haupte, wie ein Dreiklang heller Kristallglocken; er schaute hinauf und erblickte drei in grünem Gold erglänzende Schlänglein, die sich um die Zweige gewickelt hatten, und die Köpfchen der Abendsonne entgegenstreckten. Da flüsterte und lispelte es von Neuem in jenen Worten, und die Schlänglein schlüpften und kos'ten auf und nieder durch die Blätter und Zweige, und wie sie sich so schnell rührten, da war es, als streue der Holunderbusch tausend funkelnde Smaragde durch seine dunklen Blätter. »Das ist die Abendsonne, die so in dem Holunderbusch spielt«, dachte der Student Anselmus, aber da ertönten die Glocken wieder, und Anselmus sah, wie eine Schlange ihr Köpfchen nach ihm herabstreckte. Durch alle Glieder fuhr es ihm wie ein elektrischer Schlag, er erbebte im Innersten – er starrte hinauf, und ein Paar herrliche dunkelblaue Augen blickten ihn an mit unaussprechlicher Sehnsucht, so dass ein nie gekanntes Gefühl der höchsten Seligkeit und des tiefsten Schmerzes seine Brust zersprengen wollte. Und wie er voll heißen Verlangens immer in die holdseligen Augen schaute, da ertönten stärker in lieblichen Akkorden die Kristallglocken, und die funkelnden Smaragde fielen auf ihn herab und umspannen ihn, in tausend Flämmchen um ihn herflackernd und spielend mit schimmernden Goldfaden. Der Holunderbusch rührte sich und sprach: »Du lagst in meinem Schatten, mein Duft umfloss dich, aber du verstandest mich nicht. Der Duft ist meine Sprache, wenn ihn die Liebe entzündet.« Der Abendwind strich vorüber und sprach: »Ich umspielte deine Schläfe, aber du verstandest mich nicht, der Hauch ist meine Sprache, wenn ihn die Liebe entzündet.« Die Sonnenstrahlen brachen durch das Gewölk, und der Schein brannte wie in Worten: »Ich umgoss dich mit glühendem Gold, aber du

13 **Smaragde:** grünleuchtende Edelsteine, vgl. auch Anm. zu 10,25

verstandest mich nicht; Glut ist meine Sprache, wenn sie die Liebe entzündet.«

Und immer inniger und inniger versunken in den Blick des herrlichen Augenpaars, wurde heißer die Sehnsucht, glühender das Verlangen. Da regte und bewegte sich alles, wie zum frohen Leben erwacht. Blumen und Blüten dufteten um ihn her, und ihr Duft war wie herrlicher Gesang von tausend Flötenstimmen, und was sie gesungen, trugen im Widerhall die goldenen vorüberfliehenden Abendwolken in ferne Lande. Aber als der letzte Strahl der Sonne schnell hinter den Bergen verschwand, und nun die Dämmerung ihren Flor über die Gegend warf, da rief, wie aus weiter Ferne, eine raue tiefe Stimme:

»Hei, hei, was ist das für ein Gemunkel und Geflüster da drüben? – Hei, hei, wer sucht mir doch den Strahl hinter den Bergen! – genug gesonnt, genug gesungen – Hei, hei, durch Busch und Gras – durch Gras und Strom! – Hei, – hei – Her u–u–u nter – Her u–u–u nter!« –

So verschwand die Stimme wie im Murmeln eines fernen Donners, aber die Kristallglocken zerbrachen im schneidenden Misston. Alles war verstummt, und Anselmus sah, wie die drei Schlangen schimmernd und blinkend durch das Gras nach dem Strome schlüpften; rischelnd und raschelnd stürzten sie sich in die Elbe, und über den Wogen, wo sie verschwunden, knisterte ein grünes Feuer empor, das in schiefer Richtung nach der Stadt zu leuchtend verdampfte.

12 **Flor:** Schleier aus dünnem Stoff

Zweite Vigilie

Wie der Student Anselmus für betrunken und wahnwitzig gehalten wurde. – Die Fahrt über die Elbe. – Die Bravour-Arie des Kapellmeisters Graun. – Conradis Magenlikör und das bronzierte Äpfelweib.

»Der Herr ist wohl nicht recht bei Troste!«, sagte eine ehrbare Bürgersfrau, die vom Spaziergange mit der Familie heimkehrend, stillstand, und mit übereinandergeschlagenen Armen dem tollen Treiben des Studenten Anselmus zusah. *Der* hatte nämlich den Stamm des Holunderbaumes umfasst und rief unaufhörlich in die Zweige und Blätter hinein: »O nur noch einmal blinket und leuchtet, ihr lieblichen goldnen Schlänglein, nur noch einmal lasst eure Glockenstimmchen hören! Nur noch einmal blicket mich an, ihr holdseligen blauen Augen, nur noch einmal, ich muss ja sonst vergehen in Schmerz und heißer Sehnsucht!« Und dabei seufzte und ächzte er aus der tiefsten Brust recht kläglich, und schüttelte vor Verlangen und Ungeduld den Holunderbaum, der aber statt aller Antwort nur ganz dumpf und unvernehmlich mit den Blättern rauschte, und so den Schmerz des Studenten Anselmus ordentlich zu verhöhnen schien. – »Der Herr ist wohl nicht recht bei Troste«, sagte die Bürgersfrau, und dem Anselmus war es so, als würde er aus einem tiefen Traum gerüttelt oder gar mit eiskaltem Wasser begossen, um ja recht jähling zu erwachen. Nun sah er erst wieder deutlich, wo er war, und besann sich, wie ein sonderbarer Spuk ihn geneckt und gar dazu getrieben habe, ganz allein für sich selbst in laute Worte auszubrechen. Bestürzt blickte er die Bürgersfrau an, und griff endlich nach dem Hute, der zur Erde gefallen, um davonzueilen. Der Familienvater war unterdessen auch herangekommen und hatte, nachdem er das Kleine, das er auf dem Arm getragen, ins Gras gesetzt, auf seinen Stock sich stützend mit Ver-

3 **Bravour-Arie:** schwieriges, auf virtuose Wirkung abzielendes Gesangsstück | 4 **bronzierte:** mit Bronze überzogene | 9 **tollen:** wahnsinnigen, verrückten | 26 **jähling:** unsanft, plötzlich

wunderung dem Studenten zugehört und zugeschaut. Er hob jetzt Pfeife und Tabaksbeutel auf, die der Student fallen lassen, und sprach, beides ihm hinreichend: »Lamentier' der Herr nicht so schrecklich in der Finsternis, und vexier' Er nicht die Leute, wenn Ihm sonst nichts fehlt, als dass Er zu viel ins Gläschen geguckt – geh' Er fein ordentlich zu Hause und leg' Er sich aufs Ohr!« Der Student Anselmus schämte sich sehr, er stieß ein weinerliches Ach! aus. »Nun nun«, fuhr der Bürgersmann fort, »lass' es der Herr nur gut sein, so was geschieht dem Besten, und am lieben Himmelfahrtstage kann man wohl in der Freude seines Herzens ein Schlückchen über den Durst tun. Das passiert auch wohl einem Mann Gottes – der Herr ist ja doch wohl ein Kandidat. – Aber wenn es der Herr erlaubt, stopf ich mir ein Pfeifchen von seinem Tabak, meiner ist mir da droben ausgegangen.« Dies sagte der Bürger, als der Student Anselmus schon Pfeife und Beutel einstecken wollte, und nun reinigte der Bürger langsam und bedächtig seine Pfeife, und fing eben so langsam an zu stopfen. Mehrere Bürgermädchen waren dazugetreten, die sprachen heimlich mit der Frau und kickerten miteinander, indem sie den Anselmus ansahen. *Dem* war es, als stände er auf lauter spitzigen Dornen und glühenden Nadeln. Sowie er nur Pfeife und Tabaksbeutel erhalten, rannte er spornstreichs davon. Alles was er Wunderbares gesehen, war ihm rein aus dem Gedächtnis geschwunden, und er besann sich nur, dass er unter dem Holunderbaum allerlei tolles Zeug ganz laut geschwatzt, was ihm denn umso entsetzlicher war, als er von jeher einen innerlichen Abscheu gegen alle Selbstredner gehegt. Der Satan schwatzt aus ihnen, sagte sein Rektor, und daran glaubte er auch in der Tat. Für einen am Himmelfahrtstage betrunkenen Candidatus theologiae gehalten zu werden, der Gedanke war ihm unerträglich. Schon wollte er in die Pappelallee bei dem Kosel'schen Garten einbiegen, als eine Stimme hinter ihm herrief: »Herr Anselmus! Herr Anselmus! wo rennen Sie

3 f. **Lamentier':** klage, jammere | 5 **vexier':** (lat.) hier: ärgere, belästige | 14 **Kandidat:** hier: Student der Theologie | 21 **kickerten:** kicherten | 24 f. **spornstreichs:** unverzüglich | 32 f. **Candidatus theologiae:** (lat.) Student der Theologie

denn um tausend Himmels willen hin in solcher Hast!« Der Student blieb wie in den Boden gewurzelt stehen, denn er war überzeugt, dass nun gleich ein neues Unglück auf ihn einbrechen werde. Die Stimme ließ sich wieder hören: »Herr Anselmus, so kommen Sie doch zurück, wir warten hier am Wasser!« – Nun vernahm der Student erst, dass es sein Freund der Konrektor Paulmann war, der ihn rief; er ging zurück an die Elbe, und fand den Konrektor mit seinen beiden Töchtern, sowie den Registrator Heerbrand, wie sie eben im Begriff waren in eine Gondel zu steigen. Der Konrektor Paulmann lud den Studenten ein, mit ihm über die Elbe zu fahren, und dann in seiner auf der Pirnaer Vorstadt gelegenen Wohnung abends über bei ihm zu bleiben. Der Student Anselmus nahm das recht gern an, weil er denn doch so dem bösen Verhängnis, das heute über ihn walte, zu entrinnen glaubte. Als sie nun über den Strom fuhren, begab es sich, dass auf dem jenseitigen Ufer bei dem Anton'schen Garten ein Feuerwerk abgebrannt wurde. Prasselnd und zischend fuhren die Raketen in die Höhe und die leuchtenden Sterne zersprangen in den Lüften, tausend knisternde Strahlen und Flammen um sich sprühend. Der Student Anselmus saß in sich gekehrt bei dem rudernden Schiffer, als er nun aber im Wasser den Widerschein der in der Luft herumsprühenden und knisternden Funken und Flammen erblickte; da war es ihm, als zögen die goldnen Schlänglein durch die Flut. Alles was er unter dem Holunderbaum Seltsames geschaut, trat wieder lebendig in Sinn und Gedanken, und aufs Neue ergriff ihn die unaussprechliche Sehnsucht, das glühende Verlangen, welches dort seine Brust in krampfhaft schmerzvollem Entzücken erschüttert. »Ach, seid ihr es denn wieder, ihr goldenen Schlänglein, singt nur, singt! In eurem Gesange erscheinen ja wieder die holden lieblichen dunkelblauen Augen – ach, seid ihr denn unter den Fluten!« – So rief der Student Anselmus und machte dabei eine heftige Bewegung, als wolle er sich gleich aus der

9 **Registrator:** Kanzleibeamter, registriert und sortiert eingehende Akten

Gondel in die Flut stürzen. »Ist der Herr des Teufels?«, rief der Schiffer, und erwischte ihn beim Rockschoß. Die Mädchen, welche bei ihm gesessen, schrien im Schreck auf und flüchteten auf die andere Seite der Gondel; der Registrator Heerbrand sagte dem Konrektor Paulmann etwas ins Ohr, worauf dieser mehreres antwortete, wovon der Student Anselmus aber nur die Worte verstand: »Dergleichen Anfälle – noch nicht bemerkt?« – Gleich nachher stand auch der Konrektor Paulmann auf und setzte sich mit einer gewissen ernsten gravitätischen Amtsmiene zu dem Studenten Anselmus, seine Hand nehmend und sprechend: »Wie ist Ihnen, Herr Anselmus?« Dem Studenten Anselmus vergingen beinahe die Sinne, denn in seinem Innern erhob sich ein toller Zwiespalt, den er vergebens beschwichtigen wollte. Er sah nun wohl deutlich, dass das, was er für das Leuchten der goldenen Schlänglein gehalten, nur der Widerschein des Feuerwerks bei Antons Garten war; aber ein nie gekanntes Gefühl, er wusste selbst nicht, ob Wonne, ob Schmerz, zog krampfhaft seine Brust zusammen, und wenn der Schiffer nun so mit dem Ruder ins Wasser hineinschlug, dass es wie im Zorn sich emporkräuselnd plätscherte und rauschte, da vernahm er in dem Getöse ein heimliches Lispeln und Flüstern: »Anselmus! Anselmus! Siehst du nicht, wie wir stets vor dir herziehen? – Schwesterlein blickt dich wohl wieder an – glaube – glaube – glaube an uns.« – Und es war ihm, als säh' er im Widerschein drei grünglühende Streife. Aber als er dann recht wehmütig ins Wasser hineinblickte, ob nun nicht die holdseligen Augen aus der Flut herausschauen würden, da gewahrte er wohl, dass der Schein nur von den erleuchteten Fenstern der nahen Häuser herrührte. Schweigend saß er da und im Innern mit sich kämpfend; aber der Konrektor Paulmann sprach noch heftiger: »Wie ist Ihnen, Herr Anselmus?« Ganz kleinmütig antwortete der Student: »Ach, lieber Herr Konrektor, wenn Sie wüssten, was ich eben unter einem Holunderbaum bei der Lin-

10 **gravitätischen:** (lat.) ernsten, würdevollen

ke'schen Gartenmauer ganz wachend mit offnen Augen für ganz besondere Dinge geträumt habe, ach, Sie würden mir es gar nicht verdenken, dass ich so gleichsam abwesend –« »Ei, ei, Herr Anselmus«, fiel der Konrektor Paulmann ein, »ich habe Sie immer für einen soliden jungen Mann gehalten, aber träumen – mit hellen offenen Augen träumen, und dann mit einem Mal ins Wasser springen wollen; das – verzeihen Sie mir, können nur Wahnwitzige oder Narren!« – Der Student Anselmus wurde ganz betrübt über seines Freundes harte Rede, da sagte Paulmanns älteste Tochter Veronika, ein recht hübsches blühendes Mädchen von sechszehn Jahren: »Aber, lieber Vater! es muss dem Herrn Anselmus doch was Besonderes begegnet sein, und er glaubt vielleicht nur, dass er gewacht habe, unerachtet er unter dem Holunderbaum wirklich geschlafen und ihm allerlei närrisches Zeug vorgekommen, was ihm noch in Gedanken liegt.« »Und, teuerste Mademoiselle, werter Konrektor!«, nahm der Registrator Heerbrand das Wort, »sollte man denn nicht auch wachend in einen gewissen träumerischen Zustand versinken können? So ist mir in der Tat selbst einmal nachmittags beim Kaffee in einem solchen Hinbrüten, dem eigentlichen Moment körperlicher und geistiger Verdauung, die Lage eines verlornen Aktenstücks wie durch Inspiration eingefallen, und nur noch gestern tanzte auf gleiche Weise eine herrliche große lateinische Frakturschrift vor meinen hellen offenen Augen umher.« »Ach, geehrtester Registrator«, erwiderte der Konrektor Paulmann, »Sie haben immer solch einen Hang zu den Poeticis gehabt, und da verfällt man leicht in das Fantastische und Romanhafte.« Aber dem Studenten Anselmus tat es wohl, dass man sich seiner in der höchst betrübten Lage, für betrunken oder wahnwitzig gehalten zu werden, annahm, und unerachtet es ziemlich finster geworden, glaubte er doch zum ersten Male zu bemerken, wie Veronika recht schöne dunkelblaue Augen habe, ohne dass ihm jedoch jenes wunderba-

26 **Frakturschrift:** Schreib- und Druckschrift mit verschnörkelten Linien; vgl. auch Anm. zu 16,26 | 29 **Poeticis:** (lat.) zu den Dichtern

re Augenpaar, das er in dem Holunderbaum geschaut, in Gedanken kam. Überhaupt war dem Studenten Anselmus mit einem Mal nun wieder das Abenteuer unter dem Holunderbaum ganz verschwunden, er fühlte sich so leicht und froh, ja er trieb es wie im lustigen Übermute so weit, dass er bei dem Heraussteigen aus der Gondel seiner Schutzrednerin Veronika die hülfreiche Hand bot, und ohne weiteres, als sie ihren Arm in den seinigen hing, sie mit so vieler Geschicklichkeit und so vielem Glück zu Hause führte, dass er nur ein einziges Mal ausglitt, und da es gerade der einzige schmutzige Fleck auf dem ganzen Wege war, Veronikas weißes Kleid nur ganz wenig bespritzte. Dem Konrektor Paulmann entging die glückliche Änderung des Studenten Anselmus nicht, er gewann ihn wieder lieb, und bat ihn der harten Worte wegen, die er vorhin gegen ihn fallen lassen, um Verzeihung. »Ja!«, fügte er hinzu, »man hat wohl Beispiele, dass oft gewisse Phantasmata dem Menschen vorkommen und ihn ordentlich ängstigen und quälen können, das ist aber körperliche Krankheit, und es helfen Blutigel, die man, salva venia, dem Hintern appliziert, wie ein berühmter bereits verstorbener Gelehrter bewiesen.« Der Student Anselmus wusste nun in der Tat selbst nicht, ob er betrunken, wahnwitzig oder krank gewesen, auf jeden Fall schienen ihm aber die Blutigel ganz unnütz, da die etwanigen Phantasmata gänzlich verschwunden und er sich immer heiterer fühlte, je mehr es ihm gelang, sich in allerlei Artigkeiten um die hübsche Veronika zu bemühen. Es wurde wie gewöhnlich nach der frugalen Mahlzeit Musik gemacht; der Student Anselmus musste sich ans Klavier setzen und Veronika ließ ihre helle klare Stimme hören. – »Werte Mademoiselle«, sagte der Registrator Heerbrand, »Sie haben eine Stimme, wie eine Kristallglocke!« »Das nun wohl nicht!«, fuhr es dem Studenten Anselmus heraus, er wusste selbst nicht wie, und alle sahen ihn verwundert und betroffen an. »Kristallglocken tönen in Holunderbäumen wunder-

6 **Gondel:** langes, schmales Ruderboot | 17 f. **Phantasmata:** (griech.) Sinnestäuschungen, Trugbilder | 20 **Blutigel:** Blutegel | 20 **salva venia:** (lat.) mit Verlaub | 21 **appliziert:** hier: ansetzt, anbringt | 29 **frugalen:** kärglichen, einfachen

bar! wunderbar!«, fuhr der Student Anselmus halbleise murmelnd fort. Da legte Veronika ihre Hand auf seine Schulter und sagte: »Was sprechen Sie denn da, Herr Anselmus?« Gleich wurde der Student wieder ganz munter und fing an zu spielen. Der Konrektor Paulmann sah ihn finster an, aber der Registrator Heerbrand legte ein Notenblatt auf den Pult und sang zum Entzücken eine Bravour-Arie vom Kapellmeister Graun. Der Student Anselmus akkompagnierte noch manches, und ein fugiertes Duett, das er mit Veronika vortrug, und das der Konrektor Paulmann selbst komponiert, setzte alles in die fröhlichste Stimmung. Es war ziemlich spät worden und der Registrator Heerbrand griff nach Hut und Stock, da trat der Konrektor Paulmann geheimnisvoll zu ihm hin und sprach: »Ei, wollten Sie nicht, geehrter Registrator, dem guten Herrn Anselmus selbst – nun! wovon wir vorhin sprachen –« »Mit tausend Freuden«, erwiderte der Registrator Heerbrand, und begann, nachdem sie sich im Kreise gesetzt, ohne weiteres in folgender Art: »Es ist hier am Orte ein alter wunderlicher merkwürdiger Mann, man sagt, er treibe allerlei geheime Wissenschaften, da es nun aber dergleichen eigentlich nicht gibt, so halte ich ihn eher für einen forschenden Antiquar, auch wohl nebenher für einen experimentierenden Chemiker. Ich meine niemand andern als unsern Geheimen Archivarius Lindhorst. Er lebt, wie Sie wissen, einsam in seinem entlegenen alten Hause, und wenn ihn der Dienst nicht beschäftigt, findet man ihn in seiner Bibliothek oder in seinem chemischen Laboratorio, wo er aber niemanden hineinlässt. Er besitzt außer vielen seltenen Büchern eine Anzahl zum Teil arabischer, koptischer, und gar in sonderbaren Zeichen, die keiner bekannten Sprache angehören, geschriebener Manuskripte. Diese will er auf geschickte Weise kopieren lassen, und es bedarf dazu eines Mannes, der sich darauf versteht, mit der Feder zu zeichnen, um mit der höchsten Genauigkeit und Treue alle Zeichen auf Pergament, und zwar mit

7 f. **Bravour-Arie:** schwieriges Gesangsstück; soll Könnerschaft zeigen | 9 **akkompagnierte:** begleitete | 23 **Antiquar:** hier: Altertumsforscher | 25 **Archivarius:** Titel des Leiters des königlichen Archivs | 29 **Laboratorio:** Labor | 31 **koptischer:** ägyptischer | 36 **Pergament:** kostbares Schreibmaterial aus Tierhaut

Tusche, übertragen zu können. Er lässt in einem besondern Zimmer seines Hauses unter seiner Aufsicht arbeiten, bezahlt außer dem freien Tisch während der Arbeit jeden Tag einen Speziestaler, und verspricht noch ein ansehnliches Geschenk, wenn die Abschriften glücklich beendet. Die Zeit der Arbeit ist täglich von zwölf bis sechs Uhr. Von drei bis vier Uhr wird geruht und gegessen. Da er schon mit ein paar jungen Leuten vergeblich den Versuch gemacht hat, jene Manuskripte kopieren zu lassen, so hat er sich endlich an mich gewendet, ihm einen geschickten Zeichner zuzuweisen; da habe ich an Sie gedacht, lieber Herr Anselmus, denn ich weiß, dass Sie sowohl sehr sauber schreiben, als auch mit der Feder zierlich und rein zeichnen. Wollen Sie daher in dieser schlechten Zeit und bis zu Ihrer etwanigen Anstellung den Speziestaler täglich verdienen und das Geschenk obendrein, so bemühen Sie sich morgen Punkt zwölf Uhr zu dem Herrn Archivarius, dessen Wohnung Ihnen bekannt sein wird. – Aber hüten Sie sich ja vor jeden Tinteflecken; fällt er auf die Abschrift, so müssen Sie ohne Gnade von vorn anfangen, fällt er auf das Original, so ist der Herr Archivarius imstande, Sie zum Fenster hinauszuwerfen, denn es ist ein zorniger Mann.« – Der Student Anselmus war voll inniger Freude über den Antrag des Registrators Heerbrand; denn nicht allein, dass er sauber schrieb und mit der Feder zeichnete, so war es auch seine wahre Passion, mit mühsamem kalligraphischen Aufwande abzuschreiben; er dankte daher seinen Gönnern in den verbindlichsten Ausdrücken, und versprach die morgende Mittagsstunde nicht zu versäumen. In der Nacht sah der Student Anselmus nichts als blanke Speziestaler und hörte ihren lieblichen Klang. – Wer mag das dem Armen verargen, der um so manche Hoffnung durch ein launisches Missgeschick betrogen, jeden Heller zu Rate halten und manchem Genuss, den jugendliche Lebenslust foderte, entsagen musste. Schon am frühen Morgen suchte er seine Bleistifte, seine Raben-

4 **Speziestaler:** Münze | 26 **Passion:** Leidenschaft | 26 f. **kalligraphischen:** kalligraphisch: in Schönschrift verfasst | 32 **verargen:** übel nehmen | 34 **Heller:** Münze von geringem Wert | 35 **foderte:** forderte

federn, seine chinesischen Tusche zusammen; denn besser, dachte er, kann der Archivarius keine Materialien erfinden. Vor allen Dingen musterte und ordnete er seine kalligraphischen Meisterstücke und seine Zeichnungen, um sie dem Archivarius, zum Beweis seiner Fähigkeit das Verlangte zu erfüllen, aufzuweisen. Alles ging glücklich vonstatten, ein besonderer Glücksstern schien über ihn zu walten, die Halsbinde saß gleich beim ersten Umknüpfen wie sie sollte, keine Naht platzte, keine Masche zerriss in den schwarzseidenen Strümpfen, der Hut fiel nicht noch einmal in den Staub, als er schon sauber abgebürstet. – Kurz! – Punkt halb zwölf Uhr stand der Student Anselmus in seinem hechtgrauen Frack und seinen schwarzatlasnen Unterkleidern, eine Rolle Schönschriften und Federzeichnungen in der Tasche, schon auf der Schlossgasse in Conradis Laden und trank – eins – zwei Gläschen des besten Magenlikörs, denn hier, dachte er, indem er auf die annoch leere Tasche schlug, werden bald Speziestaler erklingen. Unerachtet des weiten Weges bis in die einsame Straße, in der sich das uralte Haus des Archivarius Lindhorst befand, war der Student Anselmus doch vor zwölf Uhr an der Haustür. Da stand er und schaute den großen schönen bronzenen Türklopfer an; aber als er nun auf den letzten die Luft mit mächtigem Klange durchbebenden Schlag der Turmuhr an der Kreuzkirche den Türklopfer ergreifen wollte, da verzog sich das metallene Gesicht im ekelhaften Spiel blauglühender Lichtblicke zum grinsenden Lächeln, Ach! es war ja das Äpfelweib vom schwarzen Tor! Die spitzigen Zähne klappten in dem schlaffen Maule zusammen, und in dem Klappern schnarrte es: »Du Narre – Narre – Narre – warte, warte! warum warst hinausgerannt! Narre!« – Entsetzt taumelte der Student Anselmus zurück, er wollte den Türpfosten ergreifen, aber seine Hand erfasste die Klingelschnur und zog sie an, da läutete es stärker und stärker in gellenden Misstönen, und durch das ganze öde Haus rief und spottete der Widerhall:

16 **Conradis Laden:** Konditorei in Dresden | 18 **annoch:** veraltet für ›noch‹

»Bald dein Fall ins Kristall!« – Den Studenten Anselmus ergriff ein Grausen, das im krampfhaften Fieberfrost durch alle Glieder bebte. Die Klingelschnur senkte sich hinab und wurde zur weißen durchsichtigen Riesenschlange, die umwand und drückte ihn, fester und fester ihr Gewinde schnürend, zusammen, dass die mürben zermalmten Glieder knackend zerbröckelten und sein Blut aus den Adern spritzte, eindringend in den durchsichtigen Leib der Schlange und ihn rot färbend. – »Töte mich, töte mich!«, wollte er schreien in der entsetzlichen Angst, aber sein Geschrei war nur ein dumpfes Röcheln. – Die Schlange erhob ihr Haupt und legte die lange spitzige Zunge von glühendem Erz auf die Brust des Anselmus, da zerriss ein schneidender Schmerz jähling die Pulsader des Lebens und es vergingen ihm die Gedanken. – Als er wieder zu sich selbst kam, lag er auf seinem dürftigen Bettlein, vor ihm stand aber der Konrektor Paulmann und sprach: »Was treiben Sie denn um des Himmels willen für tolles Zeug, lieber Herr Anselmus!«

Dritte Vigilie

Nachrichten von der Familie des Archivarius Lindhorst. – Veronikas blaue Augen. – Der Registrator Heerbrand.

»Der Geist schaute auf das Wasser, da bewegte es sich und brauste in schäumenden Wogen, und stürzte sich donnernd in die Abgründe, die ihre schwarzen Rachen aufsperrten, es gierig zu verschlingen. Wie triumphierende Sieger hoben die Granitfelsen ihre zackicht gekrönten Häupter empor, das Tal schützend, bis es die Sonne in ihren mütterlichen Schoß nahm und es umfassend mit ihren Strahlen wie mit glühenden Armen pflegte und wärmte. Da erwachten tausend Keime, die unter dem öden Sande

27 **zackicht:** zackig

geschlummert, aus dem tiefen Schlafe, und streckten ihre grüne Blättlein und Halme zum Angesicht der Mutter hinauf, und wie lächelnde Kinder in grüner Wiege, ruhten in den Blüten und Knospen Blümlein, bis auch sie von der Mutter geweckt erwachten und sich schmückten mit den Lichtern, die die Mutter ihnen zur Freude auf tausendfache Weise bunt gefärbt. Aber in der Mitte des Tals war ein schwarzer Hügel, der hob sich auf und nieder wie die Brust des Menschen, wenn glühende Sehnsucht sie schwellt. – Aus den Abgründen rollten die Dünste empor, und sich zusammenballend in gewaltige Massen, strebten sie das Angesicht der Mutter feindlich zu verhüllen; die rief aber den Sturm herbei, der fuhr zerstäubend unter sie, und als der reine Strahl wieder den schwarzen Hügel berührte, da brach im Übermaß des Entzückens eine herrliche Feuerlilie hervor, die schönen Blätter wie holdselige Lippen öffnend, der Mutter süße Küsse zu empfangen. – Nun schritt ein glänzendes Leuchten in das Tal; es war der Jüngling Phosphorus, den sah die Feuerlilie und flehte, von heißer sehnsüchtiger Liebe befangen: ›Sei doch mein ewiglich, du schöner Jüngling! denn ich liebe dich und muss vergehen, wenn du mich verlässest.‹ Da sprach der Jüngling Phosphorus: ›Ich will dein sein, du schöne Blume, aber dann wirst du, wie ein entartet Kind, Vater und Mutter verlassen, du wirst deine Gespielen nicht mehr kennen, du wirst größer und mächtiger sein wollen als alles, was sich jetzt als deinesgleichen mit dir freut. Die Sehnsucht, die jetzt dein ganzes Wesen wohltätig erwärmt, wird in hundert Strahlen zerspaltet, dich quälen und martern, denn der Sinn wird die Sinne gebären, und die höchste Wonne, die der Funke entzündet, den ich in dich hineinwerfe, ist der hoffnungslose Schmerz, in dem du untergehst, um aufs Neue fremdartig emporzukeimen: – Dieser Funke ist der Gedanke!‹ – ›Ach!‹, klagte die Lilie, ›kann ich denn nicht in der Glut, wie sie jetzt in mir brennt, dein sein? Kann ich dich denn mehr lieben als

19 **Phosphorus:** (lat.) Lichtbringer; Morgenstern (Venus)

jetzt, und kann ich dich denn schauen wie jetzt, wenn du mich vernichtest?‹ Da küsste sie der Jüngling Phosphorus, und wie vom Lichte durchstrahlt loderte sie auf in Flammen, aus denen ein fremdes Wesen hervorbrach, das schnell dem Tale entfliehend im unendlichen Raume herumschwärmte, sich nicht kümmernd um die Gespielen der Jugend und um den geliebten Jüngling. *Der* klagte um die verlorne Geliebte, denn auch ihn brachte ja nur die unendliche Liebe zu der schönen Lilie in das einsame Tal, und die Granitfelsen neigten ihre Häupter teilnehmend vor dem Jammer des Jünglings. Aber einer öffnete seinen Schoß, und es kam ein schwarzer geflügelter Drache rauschend herausgeflattert und sprach: meine Brüder, die Metalle, schlafen da drinnen, aber ich bin stets munter und wach und will dir helfen. Sich auf- und niederschwingend erhaschte endlich der Drache das Wesen, das der Lilie entsprossen, trug es auf den Hügel und umschloss es mit seinem Fittig; da war es wieder die Lilie, aber der bleibende Gedanke zerriss ihr Innerstes und die Liebe zu dem Jüngling Phosphorus war ein schneidender Jammer, vor dem, von giftigen Dünsten angehaucht, die Blümlein, die sonst sich ihres Blicks gefreut, verwelkten und starben. Der Jüngling Phosphorus legte eine glänzende Rüstung an, die in tausendfarbigen Strahlen spielte, und kämpfte mit dem Drachen, der mit seinem schwarzen Fittig an den Panzer schlug, dass er hell erklang; und von dem mächtigen Klange lebten die Blümlein wieder auf und umflatterten wie bunte Vögel den Drachen, dessen Kräfte schwanden und der besiegt sich in der Tiefe der Erde verbarg. Die Lilie war befreit, der Jüngling Phosphorus umschlang sie voll glühenden Verlangens himmlischer Liebe, und im hochjubelnden Hymnus huldigten ihr die Blumen, die Vögel, ja selbst die hohen Granitfelsen als Königin des Tals.« – »Erlauben Sie, das ist orientalischer Schwulst, werter Herr Archivarius!«, sagte der Registrator Heerbrand, »und wir baten denn doch, Sie sollten, wie Sie sonst wohl zu tun

25 **Fittig:** Flügel | 32 **Hymnus:** feierlicher Gesang, Lobgesang | 34 **orientalischer Schwulst:** abwertend für übertriebene Darstellung

pflegen, uns etwas aus Ihrem höchst merkwürdigen Leben, etwa von Ihren Reiseabenteuern, und zwar etwas Wahrhaftiges erzählen.« »Nun was denn«, erwiderte der Archivarius Lindhorst, »das, was ich soeben erzählt, ist das Wahrhaftigste was ich euch auftischen kann, ihr Leute, und gehört in gewisser Art auch zu meinem Leben. Denn ich stamme eben aus jenem Tale her, und die Feuerlilie, die zuletzt als Königin herrschte, ist meine Ur-ur-ur-Großmutter, weshalb ich denn auch eigentlich ein Prinz bin.« – Alle brachen in ein schallendes Gelächter aus. – »Ja, lacht nur recht herzlich«, fuhr der Archivarius Lindhorst fort, »Euch mag wohl das, was ich freilich nur in ganz dürftigen Zügen erzählt habe, unsinnig und toll vorkommen, aber es ist dessen unerachtet nichts weniger als ungereimt oder auch nur allegorisch gemeint, sondern buchstäblich wahr. Hätte ich aber gewusst, dass euch die herrliche Liebesgeschichte, der auch ich meine Entstehung zu verdanken habe, so wenig gefallen würde, so hätte ich lieber manches Neue mitgeteilt, das mir mein Bruder beim gestrigen Besuch mitbrachte.« »Ei, wie das? Haben Sie denn einen Bruder, Herr Archivarius? – wo ist er denn – wo lebt er denn? Auch in königlichen Diensten, oder vielleicht ein privatisierender Gelehrter?« – so fragte man von allen Seiten. – »Nein!«, erwiderte der Archivarius, ganz kalt und gelassen eine Prise nehmend, »er hat sich auf die schlechte Seite gelegt und ist unter die Drachen gegangen.« – »Wie beliebten Sie doch zu sagen, wertester Archivarius«, nahm der Registrator Heerbrand das Wort: »unter die Drachen?« »Unter die Drachen?«, hallte es von allen Seiten wie ein Echo nach. – »Ja, unter die Drachen«, fuhr der Archivarius Lindhorst fort; »eigentlich war es Desperation. Sie wissen, meine Herren, dass mein Vater vor ganz kurzer Zeit starb, es sind nur höchstens dreihundertundfünfundachtzig Jahre her, weshalb ich auch noch Trauer trage, der hatte mir, dem Liebling, einen prächtigen Onyx vermacht, den durchaus mein Bruder haben wollte.

15 **allegorisch:** hier: bildlich, im übertragenen Sinne | 23 **privatisierender Gelehrter:** Gelehrter ohne feste Anstellung | 32 **Desperation:** Verzweiflung | 36 **Onyx:** (griech.) dunkler Halbedelstein (Quarz)

Wir zankten uns bei der Leiche des Vaters darüber auf eine ungebührliche Weise, bis der Selige, der die Geduld verlor, aufsprang und den bösen Bruder die Treppe hinunterwarf. Das wurmte meinen Bruder und er ging stehenden Fußes unter die Drachen. Jetzt hält er sich in einem Zypressenwalde dicht bei Tunis auf, dort hat er einen berühmten mystischen Karfunkel zu bewachen, dem ein Teufelskerl von Nekromant, der ein Sommerlogis in Lappland bezogen, nachstellt, weshalb er denn nur auf ein Viertelstündchen, wenn gerade der Nekromant im Garten seine Salamanderbeete besorgt, abkommen kann, um mir in der Geschwindigkeit zu erzählen, was es gutes Neues an den Quellen des Nils gibt.« – Zum zweiten Male brachen die Anwesenden in ein schallendes Gelächter aus, aber dem Studenten Anselmus wurde ganz unheimlich zumute, und er konnte dem Archivarius Lindhorst kaum in die starren ernsten Augen sehen, ohne innerlich auf eine ihm selbst unbegreifliche Weise zu erbeben. Zumal hatte die raue, aber sonderbar metallartig tönende Stimme des Archivarius Lindhorst für ihn etwas geheimnisvoll Eindringendes, dass er Mark und Bein erzittern fühlte. Der eigentliche Zweck, weshalb ihn der Registrator Heerbrand mit in das Kaffeehaus genommen hatte, schien heute nicht erreichbar zu sein. Nach jenem Vorfall vor dem Hause des Archivarius Lindhorst war nämlich der Student Anselmus nicht dahin zu vermögen gewesen, den Besuch zum zweiten Male zu wagen; denn nach seiner innigsten Überzeugung hatte nur der Zufall ihn, wo nicht vom Tode, doch von der Gefahr wahnwitzig zu werden, befreit. Der Konrektor Paulmann war eben durch die Straße gegangen, als er ganz von Sinnen vor der Haustür lag, und ein altes Weib, die ihren Kuchen- und Äpfelkorb beiseite gesetzt, um ihn beschäftigt war. Der Konrektor Paulmann hatte sogleich eine Portechaise herbeigerufen und ihn so nach Hause transportiert. »Man mag von mir denken, was man will«, sagte der Student Anselmus, »man mag mich für ei-

4 f. **stehenden Fußes:** sofort, augenblicklich | 7 **Karfunkel:** roter Edelstein (Granat) | 8 **Nekromant:** Toten- bzw. Geisterbeschwörer | 8 **Sommerlogis:** Sommerwohnung | 34 **Portechaise:** (franz.) Sänfte, Tragstuhl

nen Narren halten oder nicht – genug! – an dem Türklopfer grinste mir das vermaledeite Gesicht der Hexe vom Schwarzen Tore entgegen; was nachher geschah, davon will ich lieber gar nicht reden, aber wäre ich aus meiner Ohnmacht erwacht und hätte das verwünschte Äpfelweib vor mir gesehen (denn niemand anders war doch das alte um mich beschäftigte Weib), mich hätte augenblicklich der Schlag gerührt, oder ich wäre wahnsinnig geworden.« Alles Zureden, alle vernünftige Vorstellungen des Konrektors Paulmann und des Registrators Heerbrand fruchteten gar nichts, und selbst die blauäugige Veronika vermochte nicht ihn aus einem gewissen tiefsinnigen Zustande zu reißen, in den er versunken. Man hielt ihn nun in der Tat für seelenkrank und sann auf Mittel, ihn zu zerstreuen, worauf der Registrator Heerbrand meinte, dass nichts dazu dienlicher sein könne, als die Beschäftigung bei dem Archivarius Lindhorst, nämlich das Nachmalen der Manuskripte. Es kam nur darauf an, den Studenten Anselmus auf gute Art dem Archivarius Lindhorst bekannt zu machen, und da der Registrator Heerbrand wusste, dass dieser beinahe jeden Abend ein gewisses bekanntes Kaffeehaus besuchte, so lud er den Studenten Anselmus ein, jeden Abend so lange auf seine, des Registrators Kosten in jenem Kaffeehause ein Glas Bier zu trinken und eine Pfeife zu rauchen, bis er auf diese oder jene Art dem Archivarius bekannt und mit ihm über das Geschäft des Abschreibens der Manuskripte einig worden, welches der Student Anselmus dankbarlichst annahm. »Sie verdienen Gottes Lohn, werter Registrator! wenn Sie den jungen Menschen zur Raison bringen«, sagte der Konrektor Paulmann. »Gottes Lohn!«, wiederholte Veronika, indem sie die Augen fromm zum Himmel erhub und lebhaft daran dachte, wie der Student Anselmus schon jetzt ein recht artiger junger Mann sei, auch ohne Raison! – Als der Archivarius Lindhorst eben mit Hut und Stock zur Tür hinausschreiten wollte, da ergriff der Registrator Heerbrand den Stu-

2 **vermaledeite:** verfluchte | 28 **dankbarlichst:** (veraltet) äußerst dankbar | 30 **zur Raison bringen:** zur Vernunft bringen

denten Anselmus rasch bei der Hand, und mit ihm den Archivarius den Weg vertretend, sprach er: »Geschätztester Herr Geheimer Archivarius, hier ist der Student Anselmus, der ungemein geschickt im Schönschreiben und Zeichnen, Ihre seltenen Manuskripte kopieren will.« »Das ist mir ganz ungemein lieb«, erwiderte der Archivarius Lindhorst rasch, warf den dreieckigen soldatischen Hut auf den Kopf und eilte, den Registrator Heerbrand und den Studenten Anselmus beiseite schiebend, mit vielem Geräusch die Treppe hinab, so dass beide ganz verblüfft dastanden und die Stubentür anguckten, die er dicht vor ihnen zugeschlagen, dass die Angeln klirrten. »Das ist ja ein ganz wunderlicher alter Mann«, sagte der Registrator Heerbrand! – »Wunderlicher alter Mann«, stotterte der Student Anselmus nach, fühlend, wie ein Eisstrom ihm durch alle Adern fröstelte, dass er beinahe zur starren Bildsäule worden. Aber alle Gäste lachten und sagten: »Der Archivarius war heute einmal wieder in seiner besonderen Laune, morgen ist er gewiss sanftmütig und spricht kein Wort, sondern sieht in die Dampfwirbel seiner Pfeife oder liest Zeitungen, man muss sich daran gar nicht kehren.« – Das ist auch wahr, dachte der Student Anselmus, wer wird sich an so etwas kehren! Hat der Archivarius nicht gesagt, es sei ihm ganz ungemein lieb, dass ich seine Manuskripte kopieren wolle? – und warum vertrat ihm auch der Registrator Heerbrand den Weg, als er gerade nach Hause gehen wollte? – Nein, nein, es ist ein lieber Mann im Grunde genommen, der Herr Geheime Archivarius Lindhorst, und liberal erstaunlich – nur kurios in absonderlichen Redensarten. – Allein was schadet das mir? – Morgen gehe ich hin Punkt zwölf Uhr, und setzten sich hundert bronzierte Äpfelweiber dagegen.

Vierte Vigilie

Melancholie des Studenten Anselmus. – Der smaragdene Spiegel. – Wie der Archivarius Lindhorst als Stoßgeier davonflog und der Student Anselmus niemandem begegnete.

Wohl darf ich geradezu dich selbst, günstiger Leser! fragen, ob du in deinem Leben nicht Stunden, ja Tage und Wochen hattest, in denen dir all dein gewöhnliches Tun und Treiben ein recht quälendes Missbehagen erregte, und in denen dir alles, was dir sonst recht wichtig und wert in Sinn und Gedanken zu tragen vorkam, nun läppisch und nichtswürdig erschien? Du wusstest dann selbst nicht, was du tun und wohin du dich wenden solltest; ein dunkles Gefühl, es müsse irgendwo und zu irgendeiner Zeit ein hoher, den Kreis alles irdischen Genusses überschreitender Wunsch erfüllt werden, den der Geist, wie ein strenggehaltenes furchtsames Kind, gar nicht auszusprechen wage, erhob deine Brust, und in dieser Sehnsucht nach dem unbekannten Etwas, das dich überall, wo du gingst und standest, wie ein duftiger Traum mit durchsichtigen, vor dem schärferen Blick zerfließenden Gestalten, umschwebte, verstummtest du für alles, was dich hier umgab. Du schlichst mit trübem Blick umher wie ein hoffnungslos Liebender, und alles, was du die Menschen auf allerlei Weise im bunten Gewühl durcheinander treiben sahst, erregte dir keinen Schmerz und keine Freude, als gehörtest du nicht mehr dieser Welt an. Ist dir, günstiger Leser, jemals so zumute gewesen, so kennst du selbst aus eigner Erfahrung den Zustand, in dem sich der Student Anselmus befand. Überhaupt wünschte ich, es wäre mir schon jetzt gelungen, dir, geneigter Leser! den Studenten Anselmus recht lebhaft vor Augen zu bringen. Denn in der Tat, ich habe in den Nachtwachen, die ich dazu verwende, seine höchst sonderbare Geschichte aufzuschreiben, noch so viel Wunderliches, das wie eine spukhafte Erscheinung das alltägliche Leben ganz gewöhnlicher Menschen ins Blaue hinausrückte, zu erzählen, dass mir bange ist, du werdest am Ende weder an den Studenten Anselmus, noch an den Archivarius Lindhorst glauben, ja wohl gar einige ungerechte Zweifel gegen den Konrektor Paulmann und den Registrator Heerbrand hegen, unerachtet wenigstens die letztgenannten achtbaren Männer noch jetzt in Dresden umherwandeln. Versuche es, geneigter Leser! in dem feenhaften Reiche voll herrlicher Wunder, die die höchste Wonne sowie das tiefste Entsetzen in gewaltigen Schlägen hervorrufen, ja, wo die ernste Göttin ihren Schleier lüftet, dass wir ihr Antlitz zu schauen wähnen – aber ein Lächeln schimmert oft aus dem ernsten Blick, und das ist der neckhafte Scherz, der in allerlei verwirrendem Zauber mit uns spielt, so wie die Mutter oft mit ihren liebsten Kindern tändelt – ja! in diesem Reiche, das uns der Geist so oft, wenigstens im Traume aufschließt, versuche es, geneigter Leser! die bekannten Gestalten, wie sie täglich, wie man zu sagen pflegt im gemeinen Leben, um dich herwandeln, wiederzuerkennen. Du wirst dann glauben, dass dir jenes herrliche Reich viel näher liege, als du sonst wohl meintest, welches ich nun eben recht herzlich wünsche, und dir in der seltsamen Geschichte des Studenten Anselmus anzudeuten strebe. – Also, wie gesagt, der Student Anselmus geriet seit jenem Abende, als er den Archivarius Lindhorst gesehen, in ein träumerisches Hinbrüten, das ihn für jede äußere Berührung des gewöhnlichen Lebens unempfindlich machte. Er fühlte, wie ein unbekanntes Etwas in seinem Innersten sich regte und ihm jenen wonnevollen Schmerz verursachte, der eben die Sehnsucht ist, welche dem Menschen ein anderes höheres Sein verheißt. Am liebsten war es ihm, wenn er allein durch Wiesen und Wälder schweifen und wie losgelöst von allem, was ihn an sein dürftiges Leben fesselte, nur im Anschauen der mannigfachen Bilder, die aus seinem Innern stiegen, sich gleichsam selbst wiederfinden konnte. So kam es denn,

1 **ins Blaue:** ohne Ziel, in unbestimmte Ferne

dass er einst, von einem weiten Spaziergange heimkehrend, bei jenem merkwürdigen Holunderbusch vorüberschritt, unter dem er damals wie von Feerei befangen, so viel Seltsames sah; er fühlte sich wunderbarlich von dem grünen heimatlichen Rasenfleck angezogen, aber kaum hatte er sich daselbst niedergelassen, als alles, was er damals wie in einer himmlischen Verzückung geschaut, und das wie von einer fremden Gewalt aus seiner Seele verdrängt worden, ihm wieder in den lebhaftesten Farben vorschwebte, als sähe er es zum zweiten Mal. Ja, noch deutlicher als damals war es ihm, dass die holdseligen blauen Augen der goldgrünen Schlange angehören, die in der Mitte des Holunderbaums sich emporwand, und dass in den Windungen des schlanken Leibes all die herrlichen Kristall-Glockentöne hervorblitzen mussten, die ihn mit Wonne und Entzücken erfüllten. So wie damals am Himmelfahrtstage, umfasste er den Holunderbaum und rief in die Zweige und Blätter hinein: »Ach, nur noch einmal schlängle und schlinge und winde dich, du holdes grünes Schlänglein, in den Zweigen, dass ich dich schauen mag. – Nur noch einmal blicke mich an mit deinen holdseligen Augen! Ach, ich liebe dich ja und muss in Trauer und Schmerz vergehen, wenn du nicht wiederkehrst!« Alles blieb jedoch stumm und still, und wie damals rauschte der Holunderbaum nur ganz unvernehmlich mit seinen Zweigen und Blättern. Aber dem Studenten Anselmus war es, als wisse er nun, was sich in seinem Innern so rege und bewege, ja was seine Brust so im Schmerz einer unendlichen Sehnsucht zerreiße. »Ist es denn etwas anderes«, sprach er, »als dass ich dich so ganz mit voller Seele bis zum Tode liebe, du herrliches goldenes Schlänglein, ja dass ich ohne dich nicht zu leben vermag und vergehen muss in hoffnungsloser Not, wenn ich dich nicht wiedersehe, dich nicht habe wie die Geliebte meines Herzens – aber ich weiß es, du wirst mein, und dann alles, was herrliche Träume aus einer andern höhern Welt mir verheißen, erfüllt sein.« – Nun ging der Student Anselmus jeden Abend, wenn die Sonne nur noch in die Spitzen der Bäume ihr funkelndes Gold streute, unter den Holunderbaum, und rief aus tiefer Brust mit ganz kläglichen Tönen in die Blätter und Zweige hinein nach der holden Geliebten, dem goldgrünen Schlänglein. Als er dieses wieder einmal nach gewöhnlicher Weise trieb, stand plötzlich ein langer hagerer Mann in einen weiten lichtgrauen Überrock gehüllt, und rief, indem er ihn mit seinen großen feurigen Augen anblitzte: »Hei hei – was klagt und winselt denn da? – Hei hei, das ist ja Herr Anselmus, der meine Manuskripte kopieren will.« Der Student Anselmus erschrak nicht wenig vor der gewaltigen Stimme, denn es war ja dieselbe, die damals am Himmelfahrtstage gerufen: »Hei hei! was ist das für ein Gemunkel und Geflüster« etc. Er konnte vor Staunen und Schreck kein Wort herausbringen. – »Nun was ist Ihnen denn, Herr Anselmus«, fuhr der Archivarius Lindhorst fort (niemand anders war der Mann im weißgrauen Überrock), »was wollen Sie von dem Holunderbaum, und warum sind Sie denn nicht zu mir gekommen, um Ihre Arbeit anzufangen?« – Wirklich hatte der Student Anselmus es noch nicht über sich vermocht, den Archivarius Lindhorst wieder in seinem Hause aufzusuchen, unerachtet er sich jenen Abend ganz dazu ermutigt, in diesem Augenblick aber, als er seine schönen Träume, und noch dazu durch dieselbe feindselige Stimme, die schon damals ihm die Geliebte geraubt, zerrissen sah, erfasste ihn eine Art Verzweiflung, und er brach ungestüm los: »Sie mögen mich nun für wahnsinnig halten oder nicht, Herr Archivarius! das gilt mir ganz gleich, aber hier auf diesem Baume erblickte ich am Himmelfahrtstage die goldgrüne Schlange – ach! die ewig Geliebte meiner Seele, und sie sprach zu mir in herrlichen Kristalltönen, aber Sie – Sie! Herr Archivarius, schrien und riefen so erschrecklich übers Wasser her« – »Wie das, mein Gönner!«, unterbrach ihn der Archivarius Lindhorst, indem er

22 f. **über sich vermocht:** über sich gebracht | 35 f. **Gönner:** hier: Freund

ganz sonderbar lächelnd eine Prise nahm. – Der Student Anselmus fühlte, wie seine Brust sich erleichterte, als es ihm nur gelungen, von jenem wunderbaren Abenteuer anzufangen, und es war ihm, als sei es schon ganz recht, dass er den Archivarius geradezu beschuldigt: er sei es gewesen, der so aus der Ferne gedonnert. Er nahm sich zusammen, sprechend: »Nun, so will ich denn alles erzählen, was mir an dem Himmelfahrtsabende Verhängnisvolles begegnet, und dann mögen Sie reden und tun und überhaupt denken über mich was Sie wollen.« – Er erzählte nun wirklich die ganze wunderliche Begebenheit von dem unglücklichen Tritt in den Äpfelkorb an, bis zum Entfliehen der drei goldgrünen Schlangen übers Wasser, und wie ihn nun die Menschen für betrunken oder wahnsinnig gehalten: »Das alles«, schloss der Student Anselmus, »habe ich wirklich gesehen, und tief in der Brust ertönen noch im hellen Nachklang die lieblichen Stimmen, die zu mir sprachen; es war keinesweges ein Traum, und soll ich nicht vor Liebe und Sehnsucht sterben, so muss ich an die goldgrünen Schlangen glauben, unerachtet ich an Ihrem Lächeln, werter Herr Archivarius, wahrnehme, dass Sie eben diese Schlangen nur für ein Erzeugnis meiner erhitzten, überspannten Einbildungskraft halten.« »Mitnichten«, erwiderte der Archivarius in der größten Ruhe und Gelassenheit, »die goldgrünen Schlangen, die Sie, Herr Anselmus, in dem Holunderbusch gesehen, waren nun eben meine drei Töchter, und dass Sie sich in die blauen Augen der jüngsten, Serpentina genannt, gar sehr verliebt, das ist nun wohl klar. Ich wusste es übrigens schon am Himmelfahrtstage, und da mir zu Hause, am Arbeitstisch sitzend, des Gemunkels und Geklingels zu viel wurde, rief ich den losen Dirnen zu, dass es Zeit sei nach Hause zu eilen, denn die Sonne ging schon unter, und sie hatten sich genug mit Singen und Strahlentrinken erlustigt.« – Dem Studenten Anselmus war es, als würde ihm nur etwas mit deutlichen Worten gesagt, was er längst geahnet, und ob er

28 **Serpentina:** von (lat.) *serpens* ›Schlange‹ | 32 **Dirnen:** junge Mädchen

gleich zu bemerken glaubte, dass sich Holunderbusch, Mauer und Rasenboden und alle Gegenstände rings umher leise zu drehen anfingen, so raffte er sich doch zusammen und wollte etwas reden, aber der Archivarius ließ ihn nicht zu Worte kommen, sondern zog schnell den Handschuh von der linken Hand herunter, und indem er den in wunderbaren Funken und Flammen blitzenden Stein eines Ringes dem Studenten vor die Augen hielt, sprach er: »Schauen Sie her, werter Herr Anselmus, Sie können darüber, was Sie erblicken, eine Freude haben.« Der Student Anselmus schaute hin, und, o Wunder! der Stein warf wie aus einem brennenden Fokus Strahlen rings herum, und die Strahlen verspannen sich zum hellen leuchtenden Kristallspiegel, in dem in mancherlei Windungen, bald einander fliehend, bald sich ineinander schlingend, die drei goldgrünen Schlänglein tanzten und hüpften. Und wenn die schlanken in tausend Funken blitzenden Leiber sich berührten, da erklangen herrliche Akkorde wie Kristallglocken, und die Mittelste streckte wie voll Sehnsucht und Verlangen das Köpfchen zum Spiegel heraus, und die dunkelblauen Augen sprachen: Kennst du mich denn – glaubst du denn an mich, Anselmus? – nur in dem Glauben ist die Liebe – kannst du denn lieben? – »O Serpentina, Serpentina!«, schrie der Student Anselmus in wahnsinnigem Entzücken, aber der Archivarius Lindhorst hauchte schnell auf den Spiegel, da fuhren in elektrischem Geknister die Strahlen in den Fokus zurück, und an der Hand blitzte nur wieder ein kleiner Smaragd, über den der Archivarius den Handschuh zog. »Haben Sie die goldnen Schlänglein gesehen, Herr Anselmus?«, fragte der Archivarius Lindhorst. »Ach Gott, ja!«, erwiderte der Student, »und die holde liebliche Serpentina.« »Still«, fuhr der Archivarius Lindhorst fort, »genug für heute, übrigens können Sie ja, wenn Sie sich entschließen wollen bei mir zu arbeiten, meine Töchter oft genug sehen, oder vielmehr, ich will Ihnen dies wahrhaftige Vergnügen verschaffen,

12 **Fokus:** Brennpunkt

wenn Sie sich bei der Arbeit recht brav halten, das heißt: mit der größten Genauigkeit und Reinheit jedes Zeichen kopieren. Aber Sie kommen ja gar nicht zu mir, unerachtet mir der Registrator Heerbrand versicherte, Sie würden sich nächstens einfinden, und ich deshalb mehrere Tage vergebens gewartet.« – Sowie der Archivarius Lindhorst den Namen Heerbrand nannte, war es dem Studenten Anselmus erst wieder, als stehe er wirklich mit beiden Füßen auf der Erde und er wäre wirklich der Student Anselmus, und der vor ihm stehende Mann der Archivarius Lindhorst. Der gleichgültige Ton, in dem dieser sprach, hatte im grellen Kontrast mit den wunderbaren Erscheinungen, die er wie ein wahrhafter Nekromant hervorrief, etwas Grauenhaftes, das durch den stechenden Blick der funkelnden Augen, die aus den knöchernen Höhlen des magern, runzlichten Gesichts wie aus einem Gehäuse hervorstrahlten, noch erhöht wurde, und den Studenten ergriff mit Macht dasselbe unheimliche Gefühl, welches sich seiner schon auf dem Kaffeehause bemeisterte, als der Archivarius so viel Abenteuerliches erzählte. Nur mit Mühe fasste er sich, und als der Archivarius nochmals fragte: »Nun, warum sind Sie denn nicht zu mir gekommen?«, da erhielt er es über sich, alles zu erzählen, was ihm an der Haustür begegnet. »Lieber Herr Anselmus«, sagte der Archivarius, als der Student seine Erzählung geendet, »lieber Herr Anselmus, ich kenne wohl das Äpfelweib, von der Sie zu sprechen belieben; es ist eine fatale Kreatur, die mir allerhand Possen spielt, und dass sie sich hat bronzieren lassen, um als Türklopfer die mir angenehmen Besuche zu verscheuchen, das ist in der Tat sehr arg und nicht zu leiden. Wollten Sie doch, werter Herr Anselmus, wenn Sie morgen um zwölf Uhr zu mir kommen und wieder etwas von dem Angrinsen und Anschnarren vermerken, ihr gefälligst was weniges von diesem Liquor auf die Nase tröpfeln, dann wird sich sogleich alles geben. Und nun Adieu! lieber Herr Anselmus, ich gehe etwas rasch, deshalb will

13 **Nekromant:** jmd., der Geister beschwört | 27 **fatale Kreatur:** widerwärtiges Geschöpf | 28 **Possen:** Streiche | 34 **Liquor:** Flüssigkeit

ich Ihnen nicht zumuten, mit mir nach der Stadt zurückzukehren. – Adieu! auf Wiedersehen, morgen um zwölf Uhr.« – Der Archivarius hatte dem Studenten Anselmus ein kleines Fläschchen mit einem goldgelben Liquor gegeben, und nun schritt er rasch von dannen, so dass er in der tiefen Dämmerung, die unterdessen eingebrochen, mehr in das Tal hinabzuschweben als zu gehen schien. Schon war er in der Nähe des Kosel'schen Gartens, da setzte sich der Wind in den weiten Überrock und trieb die Schöße auseinander, dass sie wie ein Paar große Flügel in den Lüften flatterten, und es dem Studenten Anselmus, der verwunderungsvoll dem Archivarius nachsah, vorkam, als breite ein großer Vogel die Fittige aus zum raschen Fluge. – Wie der Student nun so in die Dämmerung hineinstarrte, da erhob sich mit krächzendem Geschrei ein weißgrauer Geier hoch in die Lüfte, und er merkte nun wohl, dass das weiße Geflatter, was er noch immer für den davonschreitenden Archivarius gehalten, schon eben der Geier gewesen sein müsse, unerachtet er nicht begreifen konnte, wo denn der Archivarius mit einem Mal hingeschwunden. »Er kann aber auch selbst in Person davongeflogen sein, der Herr Archivarius Lindhorst«, sprach der Student Anselmus zu sich selbst, »denn ich sehe und fühle nun wohl, dass alle die fremden Gestalten aus einer fernen wundervollen Welt, die ich sonst nur in ganz besondern merkwürdigen Träumen schaute, jetzt in mein waches reges Leben geschritten sind und ihr Spiel mit mir treiben. – Dem sei aber wie ihm wolle! Du lebst und glühst in meiner Brust, holde, liebliche Serpentina, nur du kannst die unendliche Sehnsucht stillen, die mein Innerstes zerreißt. – Ach, wann werde ich in dein holdseliges Auge blicken – liebe, liebe Serpentina!« – – So rief der Student Anselmus ganz laut. – »Das ist ein schnöder unchristlicher Name«, murmelte eine Bassstimme neben ihm, die einem heimkehrenden Spaziergänger gehörte. Der Student Anselmus, zu rechter Zeit erinnert wo er war, eilte raschen Schrittes von dannen, indem er bei sich selbst dachte: Wäre es nicht ein rechtes Unglück, wenn mir jetzt der Konrektor Paulmann oder der Registrator Heerbrand begegnete? – Aber er begegnete keinem von beiden.

Fünfte Vigilie

Die Frau Hofrätin Anselmus. – Cicero de officiis. – Meerkatzen und anderes Gesindel. – Die alte Liese. – Das Aequinoctium.

»Mit dem Anselmus ist nun einmal in der Welt nichts anzufangen«, sagte der Konrektor Paulmann; »alle meine gute Lehren, alle meine Ermahnungen sind fruchtlos, er will sich ja zu gar nichts applizieren, unerachtet er die besten Schulstudia besitzt, die denn doch die Grundlage von allem sind.« Aber der Registrator Heerbrand erwiderte schlau und geheimnisvoll lächelnd: »Lassen Sie dem Anselmus doch nur Raum und Zeit, wertester Konrektor! das ist ein kurioses Subjekt, aber es steckt viel in ihm, und wenn ich sage: viel, so heißt das: ein Geheimer Sekretär, oder wohl gar ein Hofrat.« – »Hof-«, fing der Konrektor im größten Erstaunen an, das Wort blieb ihm stecken. – »Still, still«, fuhr der Registrator Heerbrand fort, »ich weiß, was ich weiß! – Schon seit zwei Tagen sitzt er bei dem Archivarius Lindhorst und kopiert, und der Archivarius sagte gestern Abend auf dem Kaffeehause zu mir: ›Sie haben mir einen wackern Mann empfohlen, Verehrter! – aus dem wird was‹, und nun bedenken Sie des Archivarii Konnexionen – still – still – sprechen wir uns übers Jahr!« – Mit diesen Worten ging der Registrator im fortwährenden schlauen Lächeln zur Tür hinaus und ließ den vor Erstaunen und Neugierde verstummten Konrektor im Stuhle festgebannt sitzen. Aber auf Veronika hatte das Gespräch einen ganz eignen Eindruck gemacht. Habe ich's denn

6 **Cicero de officiis:** *De officiis* (44 v. Chr.), philosophische Schrift von Marcus Tullius Cicero | 6 **Meerkatzen:** kleine Affenart | 7 **Aequinoctium:** Tag- und Nachtgleiche | 11 **applizieren:** hier: zu etwas entwickeln | 16 **Subjekt:** hier: Mensch | 26 **Konnexionen:** persönliche und gesellschaftliche Beziehungen, die Vorteile bringen

nicht schon immer gewusst, dachte sie, dass der Herr Anselmus ein recht gescheiter, liebenswürdiger junger Mann ist, aus dem noch was Großes wird? Wenn ich nur wüsste, ob er mir wirklich gut ist? – Aber hat er mir nicht jenen Abend, als wir über die Elbe fuhren, zweimal die Hand gedrückt? hat er mich nicht im Duett angesehen mit solchen ganz sonderbaren Blicken, die bis ins Herz drangen? Ja, ja! er ist mir wirklich gut – und ich – Veronika überließ sich ganz, wie junge Mädchen wohl pflegen, den süßen Träumen von einer heitern Zukunft. Sie war Frau Hofrätin, bewohnte ein schönes Logis in der Schlossgasse, oder auf dem Neumarkt, oder auf der Moritzstraße – der moderne Hut, der neue türkische Shawl stand ihr vortrefflich – sie frühstückte im eleganten Negligee im Erker, der Köchin die nötigen Befehle für den Tag erteilend. »Aber dass Sie mir die Schüssel nicht verdirbt, es ist des Herrn Hofrats Leibessen!« – Vorübergehende Elegants schielen herauf, sie hört deutlich: »Es ist doch eine göttliche Frau, die Hofrätin, wie ihr das Spitzenhäubchen so allerliebst steht!« – Die Geheime Rätin Ypsilon schickt den Bedienten und lässt fragen, ob es der Frau Hofrätin gefällig wäre, heute ins Linkische Bad zu fahren? – »Viel Empfehlungen, es täte mir unendlich leid, ich sei schon engagiert zum Tee bei der Präsidentin Tz.« – Da kommt der Hofrat Anselmus, der schon früh in Geschäften ausgegangen, zurück; er ist nach der letzten Mode gekleidet, »wahrhaftig schon zehn«, ruft er, indem er die goldene Uhr repetieren lässt und der jungen Frau einen Kuss gibt: »Wie geht's, liebes Weibchen, weißt du auch, was ich für dich habe?«, fährt er schäkernd fort und zieht ein Paar herrliche nach der neuesten Art gefasste Ohrringe aus der Westentasche, die er ihr statt der sonst getragenen gewöhnlichen einhängt. »Ach, die schönen niedlichen Ohrringe«, ruft Veronika ganz laut, und springt, die Arbeit wegwerfend, vom Stuhl auf, um in dem Spiegel die Ohrringe wirklich zu beschauen. »Nun was soll denn das sein«, sagte der Konrektor

13 **Shawl:** (engl.) Schal | 14 **Negligee:** (franz.) Morgenkleid | 14 **Erker:** Vorbau mit Fenstern | 17 **Elegants:** (franz.) vornehme Menschen (abwertend) | 27 **repetieren:** hier: mehrmals schlagen

Paulmann, der eben in Cicero de Officiis vertieft, beinahe das Buch fallen lassen, »man hat ja Anfälle wie der Anselmus.« Aber da trat der Student Anselmus, der wider seine Gewohnheit sich mehrere Tage nicht sehen lassen, ins Zimmer, zu Veronikas Schreck und Erstaunen, denn in der Tat war er in seinem ganzen Wesen verändert. Mit einer gewissen Bestimmtheit, die ihm sonst gar nicht eigen, sprach er von ganz andern Tendenzen seines Lebens, die ihm klar worden, von den herrlichen Aussichten, die sich ihm geöffnet, die mancher aber gar nicht zu schauen vermöchte. Der Konrektor Paulmann wurde, der geheimnisvollen Rede des Registrators Heerbrand gedenkend, noch mehr betroffen, und konnte kaum eine Silbe hervorbringen, als der Student Anselmus, nachdem er einige Worte von dringender Arbeit bei dem Archivarius Lindhorst fallen lassen und der Veronika mit eleganter Gewandtheit die Hand geküsst, schon die Treppe hinunter, auf und von dannen war. »Das war ja schon der Hofrat«, murmelte Veronika in sich hinein, »und er hat mir die Hand geküsst, ohne dabei auszugleiten oder mir auf den Fuß zu treten, wie sonst! – er hat mir einen recht zärtlichen Blick zugeworfen – er ist mir wohl in der Tat gut.« – Veronika überließ sich aufs Neue jener Träumerei, indessen war es, als träte immer eine feindselige Gestalt unter die lieblichen Erscheinungen, wie sie aus dem künftigen häuslichen Leben als Frau Hofrätin hervorgingen, und die Gestalt lachte recht höhnisch und sprach: »Das ist ja alles recht dummes ordinäres Zeug und noch dazu erlogen, denn der Anselmus wird nimmermehr Hofrat und dein Mann; er liebt dich ja nicht, unerachtet du blaue Augen hast und einen schlanken Wuchs und eine feine Hand.« – Da goss sich ein Eisstrom durch Veronikas Innres, und ein tiefes Entsetzen vernichtete die Behaglichkeit, mit der sie sich nur noch erst im Spitzenhäubchen und den eleganten Ohrringen gesehen. – Die Tränen wären ihr beinahe aus den Augen gestürzt, und sie sprach laut: »Ach, es ist ja wahr, er liebt mich nicht, und ich werde nimmermehr Frau Hofrätin!«

»Romanenstreiche, Romanenstreiche«, schrie der Konrektor Paulmann, nahm Hut und Stock und eilte zornig von dannen! – »Das fehlte noch«, seufzte Veronika, und ärgerte sich recht über die zwölfjährige Schwester, welche teilnehmungslos an ihrem Rahmen sitzend fortgestickt hatte. Unterdessen war es beinahe drei Uhr geworden, und nun gerade Zeit das Zimmer aufzuräumen und den Kaffeetisch zu ordnen; denn die Mademoiselle Osters hatten sich bei der Freundin ansagen lassen. Aber hinter jedem Schränkchen, das Veronika wegrückte, hinter den Notenbüchern, die sie vom Klavier, hinter jeder Tasse, hinter der Kaffeekanne, die sie aus dem Schrank nahm, sprang jene Gestalt wie ein Alräunchen hervor und lachte höhnisch und schlug mit den kleinen Spinnenfingern Schnippchen und schrie: »Er wird doch nicht dein Mann, er wird doch nicht dein Mann.« Und dann, wenn sie alles stehn und liegen ließ und in die Mitte des Zimmers flüchtete, sah es mit langer Nase riesengroß hinter dem Ofen hervor und knurrte und schnurrte: »Er wird doch nicht dein Mann!«

»Hörst du denn nichts, siehst du denn nichts, Schwester?«, rief Veronika, die vor Furcht und Zittern gar nichts mehr anrühren mochte. Fränzchen stand ganz ernsthaft und ruhig von ihrem Stickrahmen auf und sagte: »Was ist dir denn heute, Schwester? Du wirfst ja alles durcheinander, dass es klippert und klappert, ich muss dir nur helfen.«

Aber da traten schon die muntern Mädchen in vollem Lachen herein, und in dem Augenblick wurde nun auch Veronika gewahr, dass sie den Ofenaufsatz für eine Gestalt und das Knarren der übel verschlossenen Ofentür für die feindseligen Worte gehalten hatte. Von einem innern Entsetzen gewaltsam ergriffen, konnte sie sich aber nicht so schnell erholen, dass die Freundinnen nicht ihre ungewöhnliche Spannung, die selbst ihre Blässe, ihr verstörtes Gesicht verriet, hätten bemerken sollen. Als sie schnell abbrechend von all dem Lustigen, das sie eben erzählen

2 **Romanenstreiche:** Fantasien, wie aus einem Roman (hier negativ gemeint) | 14 **Alräunchen:** Wurzel; vgl. Anm. zu 39,14 | 15 **schlug … Schnippchen:** schnalzte mit den Fingern

wollten, in die Freundin drangen, was ihr denn um des Himmels willen widerfahren, musste Veronika eingestehen, wie sie sich ganz besondern Gedanken hingegeben, und plötzlich am hellen Tage von einer sonderbaren Gespensterfurcht, die ihr sonst gar nicht eigen, übermannt worden. Nun erzählte sie so lebhaft, wie aus allen Winkeln des Zimmers ein kleines graues Männchen sie geneckt und gehöhnt habe, dass die Mad. Osters sich schüchtern nach allen Seiten umsahen, und ihnen bald gar unheimlich und grausig zumute wurde. Da trat Fränzchen mit dem dampfenden Kaffee herein, und alle drei sich schnell besinnend, lachten über ihre eigne Albernheit. Angelika, so hieß die älteste Oster, war mit einem Offizier versprochen, der bei der Armee stand, und von dem die Nachrichten so lange ausgeblieben, dass man an seinem Tode, oder wenigstens an seiner schweren Verwundung kaum zweifeln konnte. Dies hatte Angelika in die tiefste Betrübnis gestürzt, aber heute war sie fröhlich bis zur Ausgelassenheit, worüber Veronika sich nicht wenig wunderte und es ihr unverhohlen äußerte. »Liebes Mädchen«, sagte Angelika, »glaubst du denn nicht, dass ich meinen Viktor immerdar im Herzen, in Sinn und Gedanken trage? aber eben deshalb bin ich so heiter! – ach Gott – so glücklich, so selig in meinem ganzen Gemüte! denn mein Viktor ist wohl, und ich sehe ihn in weniger Zeit als Rittmeister, geschmückt mit den Ehrenzeichen, die ihm seine unbegrenzte Tapferkeit erwarben, wieder. Eine starke, aber durchaus nicht gefährliche Verwundung des rechten Arms, und zwar durch den Säbelhieb eines feindlichen Husaren, verhindert ihn zu schreiben, und der schnelle Wechsel seines Aufenthalts, da er durchaus sein Regiment nicht verlassen will, macht es auch noch immer unmöglich, mir Nachricht zu geben, aber heute Abend erhält er die bestimmte Weisung, sich erst ganz heilen zu lassen. Er reiset morgen ab um herzukommen, und indem er in den Wagen steigen will, erfährt er seine Ernennung zum Ritt-

30 **Husaren:** berittene Soldaten | 31 **Regiment:** militärische Truppe/Einheit

meister.« – »Aber, liebe Angelika«, fiel Veronika ein, »das weißt du jetzt schon alles?« – »Lache mich nicht aus, liebe Freundin«, fuhr Angelika fort, »aber du wirst es nicht, denn könnte nicht dir zur Strafe gleich das kleine graue Männchen dort hinter dem Spiegel hervorgucken? – Genug, ich kann mich von dem Glauben an gewisse geheimnisvolle Dinge nicht losmachen, weil sie oft genug ganz sichtbarlich und handgreiflich, möcht ich sagen, in mein Leben getreten. Vorzüglich kommt es mir denn nun gar nicht einmal so wunderbar und unglaublich vor, als manchen andern, dass es Leute geben kann, denen eine gewisse Sehergabe eigen, die sie durch ihnen bekannte untrügliche Mittel in Bewegung zu setzen wissen. Es ist hier am Orte eine alte Frau, die diese Gabe ganz besonders besitzt. Nicht so, wie andere ihres Gelichters, prophezeit sie aus Karten, gegossenem Blei oder aus dem Kaffeesatze, sondern nach gewissen Vorbereitungen, an denen die fragende Person teilnimmt, erscheint in einem hellpolierten Metallspiegel ein wunderliches Gemisch von allerlei Figuren und Gestalten, welche die Alte deutet, und aus ihnen die Antwort auf die Frage schöpft. Ich war gestern Abend bei ihr und erhielt jene Nachrichten von meinem Viktor, an deren Wahrheit ich nicht einen Augenblick zweifle.« – Angelikas Erzählung warf einen Funken in Veronikas Gemüt, der schnell den Gedanken entzündete, die Alte über den Anselmus und über ihre Hoffnungen zu befragen. Sie erfuhr, dass die Alte Frau Rauerin hieße, in einer entlegenen Straße vor dem Seetor wohne, durchaus nur dienstags, mittwochs und freitags von sieben Uhr abends, dann aber die ganze Nacht hindurch bis zum Sonnenaufgang zu treffen sei, und es gern sähe, wenn man allein komme. – Es war eben Mittwoch, und Veronika beschloss, unter dem Vorwande, die Osters nach Hause zu begleiten, die Alte aufzusuchen, welches sie denn auch in der Tat ausführte. Kaum hatte sie nämlich von den Freundinnen, die in der Neustadt wohnten, vor der Elbbrücke Abschied genom-

12 **Sehergabe:** Gabe, Dinge vorauszusehen | 15 **Gelichters:** Gelichter: Gesindel | 28 **Seetor:** Dresdener Stadttor

men, als sie geflügelten Schrittes vor das Seetor eilte, und sich bald in der beschriebenen abgelegenen engen Straße befand, an deren Ende sie das kleine rote Häuschen erblickte, in welchem die Frau Rauerin wohnen sollte. Sie konnte sich eines gewissen unheimlichen Gefühls, ja eines innern Erbebens nicht erwehren, als sie vor der Haustür stand. Endlich raffte sie sich, des innern Widerstrebens unerachtet, zusammen, und zog an der Klingel, worauf sich die Tür öffnete und sie durch den finstern Gang nach der Treppe tappte, die zum obern Stock führte, wie es Angelika beschrieben. »Wohnt hier nicht die Frau Rauerin?«, rief sie in den öden Hausflur hinein, als sich niemand zeigte; da erscholl statt der Antwort ein langes klares Miau, und ein großer schwarzer Kater schritt mit hochgekrümmtem Rücken, den Schweif in Wellenringeln hin und her drehend, gravitätisch vor ihr her bis an die Stubentür, die auf ein zweites Miau geöffnet wurde. »Ach, sieh da, Töchterchen, bist schon hier? komm herein – herein!« So rief die heraustretende Gestalt, deren Anblick Veronika an den Boden festbannte. Ein langes, hagres, in schwarze Lumpen gehülltes Weib! – indem sie sprach, wackelte das hervorragende spitze Kinn, verzog sich das zahnlose Maul, von der knöchernen Habichtsnase beschattet, zum grinsenden Lächeln, und leuchtende Katzenaugen flackerten Funken werfend durch die große Brille. Aus dem bunten um den Kopf gewickelten Tuche starrten schwarze borstige Haare hervor, aber zum Grässlichen erhoben das ekle Antlitz zwei große Brandflecke, die sich von der linken Backe über die Nase wegzogen. – Veronikas Atem stockte, und der Schrei, der der gepressten Brust Luft machen sollte, wurde zum tiefen Seufzer, als der Hexe Knochenhand sie ergriff und in das Zimmer hineinzog. Drinnen regte und bewegte sich alles, es war ein Sinne verwirrendes Quieken und Miauen und Gekrächze und Gepiepe durcheinander. Die Alte schlug mit der Faust auf den Tisch und schrie: »Still da, ihr Gesindel!« Und die Meer-

36 f. **Meerkatzen:** kleine Affenart

katzen kletterten winselnd auf das hohe Himmelbett, und die Meerschweinchen liefen unter den Ofen und der Rabe flatterte auf den runden Spiegel; nur der schwarze Kater, als gingen ihn die Scheltworte nichts an, blieb ruhig auf dem großen Polsterstuhle sitzen, auf den er gleich nach dem Eintritt gesprungen. – Sowie es still wurde, ermutigte sich Veronika; es war ihr nicht so unheimlich als draußen auf dem Flur, ja selbst das Weib schien ihr nicht mehr so scheußlich. Jetzt erst blickte sie im Zimmer umher! – Allerhand hässliche ausgestopfte Tiere hingen von der Decke herab, unbekanntes seltsames Geräte lag durcheinander auf dem Boden und in dem Kamin brannte ein blaues sparsames Feuer, das nur dann und wann in gelben Funken emporknisterte; aber dann rauschte es von oben herab, und ekelhafte Fledermäuse wie mit verzerrten lachenden Menschengesichtern schwangen sich hin und her, und zuweilen leckte die Flamme herauf an der rußigen Mauer und dann erklangen schneidende, heulende Jammertöne, dass Veronika von Angst und Grausen ergriffen wurde. »Mit Verlaub, Mamsellchen«, sagte die Alte schmunzelnd, erfasste einen großen Wedel und besprengte, nachdem sie ihn in einen kupfernen Kessel getaucht, den Kamin. Da erlosch das Feuer, und wie von dickem Rauch erfüllt, wurde es stockfinster in der Stube; aber bald trat die Alte, die in ein Kämmerchen gegangen, mit einem angezündeten Lichte wieder herein, und Veronika erblickte nichts mehr von den Tieren, von den Gerätschaften, es war eine gewöhnliche ärmlich ausstaffierte Stube. Die Alte trat ihr näher und sagte mit schnarrender Stimme: »Ich weiß wohl, was du bei mir willst, mein Töchterchen; was gilt es, du möchtest erfahren, ob du den Anselmus heiraten wirst, wenn er Hofrat worden.« – Veronika erstarrte vor Staunen und Schreck, aber die Alte fuhr fort: »Du hast mir ja schon alles gesagt zu Hause beim Papa, als die Kaffeekanne vor dir stand, *ich* war ja die Kaffeekanne, hast du mich denn nicht gekannt? Töchterchen, höre! Lass ab, lass ab

20 **Mamsellchen:** Fräulein (verniedlicht)

von dem Anselmus, das ist ein garstiger Mensch, der hat meinen Söhnlein ins Gesicht getreten, meinen lieben Söhnlein, den Äpfelchen mit den roten Backen, die, wenn sie die Leute gekauft haben, ihnen wieder aus den Taschen in meinen Korb zurückrollen. Er hält's mit dem Alten, er hat mir vorgestern den verdammten Auripigment ins Gesicht gegossen, dass ich beinahe darüber erblindet. Du kannst noch die Brandflecken sehen, Töchterchen! Lass ab von ihm, lass ab! – Er liebt dich nicht, denn er liebt die goldgrüne Schlange, er wird niemals Hofrat werden; weil er sich bei den Salamandern anstellen lassen, und er will die grüne Schlange heiraten, lass ab von ihm, lass ab!« – Veronika, die eigentlich ein festes standhaftes Gemüt hatte und mädchenhaften Schreck bald zu überwinden wusste, trat einen Schritt zurück, und sprach mit ernsthaftem gefassten Ton: »Alte! ich habe von Eurer Gabe in die Zukunft zu blicken gehört, und wollte darum, vielleicht zu neugierig und voreilig, von Euch wissen, ob wohl Anselmus, den ich liebe und hochschätze, jemals mein werden würde. Wollt Ihr mich daher, statt meinen Wunsch zu erfüllen, mit Eurem tollen unsinnigen Geschwätze necken, so tut Ihr Unrecht, denn ich habe nur gewollt, was Ihr andern, wie ich weiß, gewährtet. Da Ihr, wie es scheint, meine innigsten Gedanken wisset, so wäre es Euch vielleicht ein Leichtes gewesen, mir manches zu enthüllen, was mich jetzt quält und ängstigt, aber nach Euern albernen Verleumdungen des guten Anselmus mag ich von Euch weiter nichts erfahren. Gute Nacht!« – Veronika wollte davoneilen, da fiel die Alte weinend und jammernd auf die Knie nieder und rief, das Mädchen am Kleide festhaltend: »Veronikchen, kennst du denn die alte Liese nicht mehr, die dich so oft auf den Armen getragen und gepflegt und gehätschelt?« Veronika traute kaum ihren Augen; denn sie erkannte ihre, freilich nur durch hohes Alter und vorzüglich durch die Brandflecke entstellte ehemalige Wärterin, die vor mehreren Jahren aus des

6 **Auripigment:** Verbindung von Arsen und Schwefel; Verwendung bei Haut- und Geschlechtskrankheiten | 35 **vorzüglich:** besonders | 36 **Wärterin:** hier: Kindermädchen

Konrektor Paulmanns Hause verschwand. Die Alte sah auch nun ganz anders aus, sie hatte statt des hässlichen buntgefleckten Tuchs eine ehrbare Haube, und statt der schwarzen Lumpen eine großblumichte Jacke an, wie sie sonst wohl gekleidet gegangen. Sie stand vom Boden auf und fuhr, Veronika in ihre Arme nehmend, fort: »Es mag dir alles, was ich dir gesagt, wohl recht toll vorkommen, aber es ist leider dem so. Der Anselmus hat mir viel zuleide getan, doch wider seinen Willen; er ist dem Archivarius Lindhorst in die Hände gefallen, und der will ihn mit seiner Tochter verheiraten. Der Archivarius ist mein größter Feind, und ich könnte dir allerlei Dinge von ihm sagen, die würdest du aber nicht verstehen, oder dich doch sehr entsetzen. Er ist der weise Mann, aber ich bin die weise Frau – es mag darum sein! – Ich merke nun wohl, dass du den Anselmus recht lieb hast, und ich will dir mit allen Kräften beistehen, dass du recht glücklich werden und fein ins Ehebette kommen sollst, wie du es wünschest.« »Aber sage Sie mir um des Himmels willen, Liese!« – fiel Veronika ein – »Still, Kind – still!«, unterbrach sie die Alte, »ich weiß was du sagen willst, ich bin das worden, was ich bin, weil ich es werden musste, ich konnte nicht anders. Nun also! – ich kenne das Mittel, das den Anselmus von der törichten Liebe zur grünen Schlange heilt und ihn als den liebenswürdigsten Hofrat in deine Arme führt; aber du musst helfen.« – »Sage es nur gerade heraus, Liese! ich will ja alles tun, denn ich liebe den Anselmus sehr!«, lispelte Veronika kaum hörbar. – »Ich kenne dich«, fuhr die Alte fort, »als ein beherztes Kind, vergebens habe ich dich mit dem Wauwau zum Schlaf treiben wollen, denn gerade alsdann öffnetest du die Augen, um den Wauwau zu sehen; du gingst ohne Licht in die hinterste Stube und erschrecktest oft in des Vaters Pudermantel des Nachbars Kinder. Nun also! – ist's dir ernst, durch meine Kunst den Archivarius Lindhorst und die grüne Schlange zu überwinden, ist's dir ernst, den Anselmus als Hofrat dei-

29 **beherztes:** mutiges | 33 **Pudermantel:** Umhang, den Männer beim Pudern der Perücke tragen

nen Mann zu nennen, so schleiche dich in der künftigen Tag- und Nachtgleiche nachts um eilf Uhr aus des Vaters Hause und komme zu mir; ich werde dann mit dir auf den Kreuzweg gehen, der unfern das Feld durchschneidet, wir bereiten das Nötige, und alles Wunderliche, was du vielleicht erblicken wirst, soll dich nicht anfechten. Und nun, Töchterchen, gute Nacht, der Papa wartet schon mit der Suppe.« – Veronika eilte von dannen, fest stand bei ihr der Entschluss, die Nacht des Äquinoktiums nicht zu versäumen, denn, dachte sie, die Liese hat Recht, der Anselmus ist verstrickt in wunderliche Bande, aber ich erlöse ihn daraus und nenne ihn mein immerdar und ewiglich, mein ist und bleibt er, der Hofrat Anselmus.

Sechste Vigilie

Der Garten des Archivarius Lindhorst nebst einigen Spottvögeln. – Der goldne Topf. – Die englische Kursivschrift. – Schnöde Hahnenfüße. – Der Geisterfürst.

↗ Es kann aber auch sein, sprach der Student Anselmus zu sich selbst, dass der superfeine starke Magenlikör, den ich bei dem Monsieur Conradi etwas begierig genossen, alle die tollen Phantasmata geschaffen, die mich vor der Haustür des Archivarius Lindhorst ängsteten. Deshalb bleibe ich heute ganz nüchtern, und will nun wohl allem weitern Ungemach, das mir begegnen könnte, Trotz bieten. – So wie damals, als er sich zum ersten Besuch bei dem Archivarius Lindhorst rüstete, steckte er seine Federzeichnungen und kalligraphischen Kunstwerke, seine Tuschstangen, seine wohlgespitzten Rabenfedern ein, und schon wollte er zur Tür hinausschreiten, als ihm das Fläschchen mit dem gelben Liquor in die Augen fiel, das er von dem Archivarius Lindhorst erhalten. Da gingen ihm wieder all

2 **eilf:** elf | 6 **anfechten:** hier: beunruhigen | 9 **Äquinoktiums:** der Tag- und Nachtgleiche; 23. September | 16 f. **Hahnenfüße:** hässliche, fehlerhafte Schriftzüge | 21 **Phantasmata:** (griech.) Sinnestäuschungen, Trugbilder | 24 **Ungemach:** (veraltet) Übel, Kummer | 27 f. **Tuschstangen:** in Stücke gepresste Mal- und Zeichenfarbe

die seltsamen Abenteuer, welche er erlebt, mit glühenden Farben durch den Sinn, und ein namenloses Gefühl von Wonne und Schmerz durchschnitt seine Brust. Unwillkürlich rief er mit recht kläglicher Stimme aus: »Ach, gehe ich denn nicht zum Archivarius, nur um dich zu sehen, du holde liebliche Serpentina?« – Es war ihm in dem Augenblick so, als könne Serpentinas Liebe der Preis einer mühevollen gefährlichen Arbeit sein, die er unternehmen müsste, und diese Arbeit sei keine andere, als das Kopieren der Lindhorstischen Manuskripte. – Dass ihm schon bei dem Eintritt ins Haus, oder vielmehr noch vor demselben allerlei Wunderliches begegnen könne, wie neulich, davon war er überzeugt. Er dachte nicht mehr an Conradis Magenwasser, sondern steckte schnell den Liquor in die Westentasche, um ganz nach des Archivarius Vorschrift zu verfahren, wenn das bronzierte Äpfelweib sich unterstehen sollte, ihn anzugrinsen. – Erhob sich denn nicht auch wirklich gleich die spitze Nase, funkelten nicht die Katzenaugen aus dem Türdrücker, als er ihn auf den Schlag zwölf Uhr ergreifen wollte? – Da spritzte er, ohne sich weiter zu bedenken, den Liquor in das fatale Gesicht hinein, und es glättete und plättete sich augenblicklich aus zum glänzenden kugelrunden Türklopfer. Die Tür ging auf, die Glocken läuteten gar lieblich durch das ganze Haus: klingling – Jüngling – flink – flink – spring – spring – klingling. – Er stieg getrost die schöne breite Treppe hinauf und weidete sich an dem Duft des seltenen Räucherwerks, der durch das Haus floss. Ungewiss blieb er auf dem Flur stehen, denn er wusste nicht, an welche der vielen schönen Türen er wohl pochen sollte; da trat der Archivarius Lindhorst in einem weiten damastnen Schlafrock heraus und rief: »Nun, es freut mich, Herr Anselmus, dass Sie endlich Wort halten, kommen Sie mir nur nach, denn ich muss Sie ja doch wohl gleich ins Laboratorium führen.« Damit schritt er schnell den langen Flur hinauf und öffnete eine kleine Seitentür, die in einen Korridor führte.

21 **fatale:** widerliche | 31 **damastnen Schlafrock:** Morgenmantel aus Damast (feines, gemustertes Gewebe

Anselmus schritt getrost hinter dem Archivarius her; sie kamen aus dem Korridor in einen Saal oder vielmehr in ein herrliches Gewächshaus, denn von beiden Seiten bis an die Decke hinauf standen allerlei seltene wunderbare Blumen, ja große Bäume mit sonderbar gestalteten Blättern und Blüten. Ein magisches blendendes Licht verbreitete sich überall, ohne dass man bemerken konnte, wo es herkam, da durchaus kein Fenster zu sehen war. Sowie der Student Anselmus in die Büsche und Bäume hineinblickte, schienen lange Gänge sich in weiter Ferne auszudehnen. – Im tiefen Dunkel dicker Zypressenstauden schimmerten Marmorbecken, aus denen sich wunderliche Figuren erhoben, Kristallenstrahlen hervorspritzend, die plätschernd niederfielen in leuchtende Lilienkelche; seltsame Stimmen rauschten und säuselten durch den Wald der wunderbaren Gewächse, und herrliche Düfte strömten auf und nieder. Der Archivarius war verschwunden, und Anselmus erblickte nur einen riesenhaften Busch glühender Feuerlilien vor sich. Von dem Anblick, von den süßen Düften des Feengartens berauscht, blieb Anselmus festgezaubert stehen. Da fing es überall an zu kickern und zu lachen, und feine Stimmchen neckten und höhnten: »Herr Studiosus, Herr Studiosus! wo kommen Sie denn her? warum haben Sie sich denn so schön geputzt, Herr Anselmus? – Wollen Sie eins mit uns plappern, wie die Großmutter das Ei mit dem Steiß zerdrückte, und der Junker einen Klecks auf die Sonntagsweste bekam? Können Sie die neue Arie schon auswendig, die Sie vom Papa Starmatz gelernt, Herr Anselmus? – Sie sehen recht possierlich aus in der gläsernen Perücke und den postpapiernen Stülpstiefeln!« – So rief und kickerte und neckte es aus allen Winkeln hervor – ja dicht neben dem Studenten, der nun erst wahrnahm, wie allerlei bunte Vögel ihn umflatterten und ihn so in vollem Gelächter aushöhnten. – In dem Augenblick schritt der Feuerlilienbusch auf ihn zu, und er sah, dass es der Archivarius Lindhorst war, dessen blumichter in Gelb und Rot

22 **Studiosus:** Anrede des Studenten, hier spöttisch gemeint | 29 **possierlich:** hier: spaßig, niedlich | 30 **postpapiernen:** aus Schreibpapier hergestellt

glänzender Schlafrock ihn nur getäuscht hatte. »Verzeihen Sie, werter Herr Anselmus«, sagte der Archivarius, »dass ich Sie stehen ließ, aber vorübergehend sah ich nur nach meinem schönen Kaktus, der diese Nacht seine Blüten aufschließen wird – aber wie gefällt Ihnen denn mein kleiner Hausgarten?« »Ach Gott, über alle Maßen schön ist es hier, geschätztester Herr Archivarius«, erwiderte der Student, »aber die bunten Vögel mokieren sich über meine Wenigkeit gar sehr!« »Was ist denn das für ein Gewäsche?«, rief der Archivarius zornig in die Büsche hinein. Da flatterte ein großer grauer Papagei hervor, und sich neben dem Archivarius auf einen Myrtenast setzend und ihn ungemein ernsthaft und gravitätisch durch eine Brille, die auf dem krummen Schnabel saß, anblickend, schnarrte er: »Nehmen Sie es nicht übel, Herr Archivarius, meine mutwilligen Buben sind einmal wieder recht ausgelassen, aber der Herr Studiosus sind selbst daran schuld, denn –« »Still da, still da!«, unterbrach der Archivarius den Alten, »ich kenne die Schelme, aber Er sollte sie besser in Zucht halten, mein Freund! – gehen wir weiter, Herr Anselmus!« – Noch durch manches fremdartig aufgeputzte Gemach schritt der Archivarius, so, dass der Student ihm kaum folgen und einen Blick auf all die glänzenden sonderbar geformten Mobilien und andere unbekannte Sachen werfen konnte, womit alles überfüllt war. Endlich traten sie in ein großes Gemach, in dem der Archivarius, den Blick in die Höhe gerichtet, stehen blieb, und Anselmus Zeit gewann, sich an dem herrlichen Anblick, den der einfache Schmuck dieses Saals gewährte, zu weiden. Aus den azurblauen Wänden traten die goldbronzenen Stämme hoher Palmbäume hervor, welche ihre kolossalen, wie funkelnde Smaragden glänzenden Blätter oben zur Decke wölbten; in der Mitte des Zimmers ruhte auf drei aus dunkler Bronze gegossenen ägyptischen Löwen eine Porphyrplatte, auf welcher ein einfacher goldener Topf stand, von dem, als er ihn erblickte, Anselmus nun gar nicht mehr die Augen

8 **mokieren sich:** machen sich lustig | 24 **Mobilien:** Möbel | 31 **kolossalen:** riesigen, sehr großen | 34 **Porphyrplatte:** wertvolles purpurfarbenes Gestein vulkanischen Ursprungs

wegwenden konnte. Es war als spielten in tausend schimmernden Reflexen allerlei Gestalten auf dem strahlend polierten Golde – manchmal sah er sich selbst mit sehnsüchtig ausgebreiteten Armen – ach! neben dem Holunderbusch – Serpentina schlängelte sich auf und nieder ihn anblickend mit den holdseligen Augen. Anselmus war außer sich vor wahnsinnigem Entzücken. »Serpentina! – Serpentina!«, schrie er laut auf, da wandte sich der Archivarius Lindhorst schnell um und sprach: »Was meinen Sie, werter Herr Anselmus? – Ich glaube, Sie belieben meine Tochter zu rufen, die ist aber ganz auf der andern Seite meines Hauses in ihrem Zimmer, und hat soeben Klavierstunde, kommen Sie nur weiter.« Anselmus folgte beinahe besinnungslos dem davonschreitenden Archivarius, er sah und hörte nichts mehr, bis ihn der Archivarius heftig bei der Hand ergriff und sprach: »Nun sind wir an Ort und Stelle!« Anselmus erwachte wie aus einem Traum, und bemerkte nun, dass er sich in einem hohen rings mit Bücherschränken umstellten Zimmer befand, welches sich in keiner Art von gewöhnlichen Bibliothek- und Studierzimmern unterschied. In der Mitte stand ein großer Arbeitstisch und ein gepolsterter Lehnstuhl vor demselben. »Dieses«, sagte der Archivarius Lindhorst, »ist vorderhand Ihr Arbeitszimmer, ob Sie künftig auch in dem andern blauen Bibliotheksaal, in dem Sie so plötzlich meiner Tochter Namen riefen, arbeiten werden, weiß ich noch nicht; – aber nun wünschte ich mich erst von Ihrer Fähigkeit, die Ihnen zugedachte Arbeit wirklich meinem Wunsch und Bedürfnis gemäß auszuführen, zu überzeugen.« Der Student Anselmus ermutigte sich nun ganz und gar, und zog nicht ohne innere Selbstzufriedenheit und in der Überzeugung, den Archivarius durch sein ungewöhnliches Talent höchlich zu erfreuen, seine Zeichnungen und Schreibereien aus der Tasche. Der Archivarius hatte kaum das erste Blatt, eine Handschrift in der elegantesten englischen Schreibmanier, erblickt, als er recht sonderbar lächelte und

23 **vorderhand:** vorläufig | 35 f. **englischen Schreibmanier:** lateinischen Schreibschrift

mit dem Kopfe schüttelte. Das wiederholte er bei jedem folgenden Blatte, so dass dem Studenten Anselmus das Blut in den Kopf stieg, und er, als das Lächeln zuletzt recht höhnisch und verächtlich wurde, in vollem Unmute losbrach: »Der Herr Archivarius scheinen mit meinen geringen Talenten nicht ganz zufrieden?« – »Lieber Herr Anselmus«, sagte der Archivarius Lindhorst, »Sie haben für die Kunst des Schönschreibens wirklich treffliche Anlagen, aber vorderhand, sehe ich wohl, muss ich mehr auf Ihren Fleiß, auf Ihren guten Willen rechnen, als auf Ihre Fertigkeit. Es mag auch wohl an den schlechten Materialien liegen, die Sie verwandt.« – Der Student Anselmus sprach viel von seiner sonst anerkannten Kunstfertigkeit, von chinesischer Tusche und ganz auserlesenen Rabenfedern. Da reichte ihm der Archivarius Lindhorst das englische Blatt hin und sprach: »Urteilen Sie selbst!« – Anselmus wurde wie vom Blitz getroffen, als ihm seine Handschrift so höchst miserabel vorkam. Da war keine Ründe in den Zügen, kein Druck richtig, kein Verhältnis der großen und kleinen Buchstaben, ja! schülermäßige schnöde Hahnenfüße verdarben oft die sonst ziemlich geratene Zeile. »Und dann«, fuhr der Archivarius Lindhorst fort, »ist Ihre Tusche auch nicht haltbar.« Er tunkte den Finger in ein mit Wasser gefülltes Glas, und indem er nur leicht auf die Buchstaben tupfte, war alles spurlos verschwunden. Dem Studenten Anselmus war es, als schnüre ein Ungetüm ihm die Kehle zusammen – er konnte kein Wort herausbringen. So stand er da, das unglückliche Blatt in der Hand, aber der Archivarius Lindhorst lachte laut auf und sagte: »Lassen Sie sich das nicht anfechten, wertester Herr Anselmus; was Sie bisher nicht vollbringen konnten, wird hier bei mir vielleicht besser sich fügen; ohnedies finden Sie ein besseres Material, als Ihnen sonst wohl zu Gebote stand! – Fangen Sie nur getrost an!« – Der Archivarius Lindhorst holte erst eine flüssige schwarze Masse, die einen ganz eigentümlichen Geruch verbreitete, sonderbar

18 **Ründe:** Rundsein | 21 **Hahnenfüße:** hässliche, fehlerhafte Schriftzüge | 30 **nicht anfechten:** nicht darüber ärgern/aufregen | 33 f. **zu Gebote stand:** zur Verfügung stand

gefärbte scharf zugespitzte Federn und ein Blatt von besonderer Weiße und Glätte, dann aber ein arabisches Manuskript aus einem verschlossenen Schranke herbei, und so wie Anselmus sich zur Arbeit gesetzt, verließ er das Zimmer. Der Student Anselmus hatte schon öfters arabische Schrift kopiert, die erste Aufgabe schien ihm daher nicht so schwer zu lösen. »Wie die Hahnenfüße in meine schöne englische Kursivschrift gekommen, mag Gott und der Archivarius Lindhorst wissen«, sprach er, »aber dass sie nicht von *meiner* Hand sind, darauf will ich sterben.« – Mit jedem Worte, das nun wohlgelungen auf dem Pergamente stand, wuchs sein Mut und mit ihm seine Geschicklichkeit. In der Tat schrieb es sich mit den Federn auch ganz herrlich, und die geheimnisvolle Tinte floss rabenschwarz und gefügig auf das blendend weiße Pergament. Als er nun so emsig und mit angestrengter Aufmerksamkeit arbeitete, wurde es ihm immer heimlicher in dem einsamen Zimmer, und er hatte sich schon ganz in das Geschäft, welches er glücklich zu vollenden hoffte, geschickt, als auf den Schlag drei Uhr ihn der Archivarius in das Nebenzimmer zu dem wohlbereiteten Mittagsmahl rief. Bei Tische war der Archivarius Lindhorst bei ganz besonderer heiterer Laune; er erkundigte sich nach des Studenten Anselmus Freunden, dem Konrektor Paulmann und dem Registrator Heerbrand, und wusste vorzüglich von dem letztern recht viel Ergötzliches zu erzählen. Der gute alte Rheinwein schmeckte dem Anselmus gar sehr und machte ihn gesprächiger, als er wohl sonst zu sein pflegte. Auf den Schlag vier Uhr stand er auf, um an seine Arbeit zu gehen, und diese Pünktlichkeit schien dem Archivarius Lindhorst wohl zu gefallen. War ihm schon vor dem Essen das Kopieren der arabischen Zeichen geglückt, so ging die Arbeit jetzt noch viel besser vonstatten, ja er konnte selbst die Schnelle und Leichtigkeit nicht begreifen, womit er die krausen Züge der fremden Schrift nachzumalen vermochte. – Aber es war, als flüstre aus dem innersten Gemüte

8 **Kursivschrift:** Handschrift, Schreibschrift

eine Stimme in vernehmlichen Worten: Ach! könntest du denn das vollbringen, wenn du *sie* nicht in Sinn und Gedanken trügest, wenn du nicht an *sie*, an ihre Liebe glaubtest? – Da wehte es wie in leisen, leisen, lispelnden Kristallklängen durch das Zimmer: Ich bin dir nahe – nahe – nahe! – ich helfe dir – sei mutig – sei standhaft, lieber Anselmus! – ich mühe mich mit dir, damit du mein werdest! Und so wie er voll innern Entzückens die Töne vernahm, wurden ihm immer verständlicher die unbekannten Zeichen – er durfte kaum mehr hineinblicken in das Original – ja es war, als stünden schon wie in blasser Schrift die Zeichen auf dem Pergament, und er dürfe sie nur mit geübter Hand schwarz überziehen. So arbeitete er fort von lieblichen tröstenden Klängen, wie vom süßen zarten Hauch umflossen, bis die Glocke sechs Uhr schlug und der Archivarius Lindhorst in das Zimmer trat. Er ging sonderbar lächelnd an den Tisch, Anselmus stand schweigend auf, der Archivarius sah ihn noch immer so wie in höhnendem Spott lächelnd an, kaum hatte er aber in die Abschrift geblickt, als das Lächeln in dem tiefen feierlichen Ernst unterging, zu dem sich alle Muskeln des Gesichts verzogen. – Bald schien er nicht mehr derselbe. Die Augen, welche sonst funkelndes Feuer strahlten, blickten jetzt mit unbeschreiblicher Milde den Anselmus an, eine sanfte Röte färbte die bleichen Wangen, und statt der Ironie, die sonst den Mund zusammenpresste, schienen die weichgeformten anmutigen Lippen sich zu öffnen zur weisheitvollen ins Gemüt dringenden Rede. – Die ganze Gestalt war höher, würdevoller; der weite Schlafrock legte sich wie ein Königsmantel in breiten Falten um Brust und Schultern, und durch die weißen Löckchen, welche an der hohen offenen Stirn lagen, schlang sich ein schmaler goldner Reif. »Junger Mensch«, fing der Archivarius an im feierlichen Ton, »junger Mensch, ich habe noch ehe du es ahnetest, all die geheimen Beziehungen erkannt, die dich an mein Liebstes, Heiligstes fesseln! – Serpentina liebt dich, und ein seltsames Geschick, dessen verhängnisvollen Faden feindliche Mächte spannen, ist erfüllt, wenn sie dein wird, und wenn du als notwendige Mitgift den goldnen Topf erhältst, der ihr Eigentum ist. Aber nur dem Kampfe entsprießt dein Glück im höheren Leben. Feindliche Prinzipe fallen dich an, und nur die innere Kraft, mit der du den Anfechtungen widerstehst, kann dich retten von Schmach und Verderben. Indem du hier arbeitest, überstehst du deine Lehrzeit; Glauben und Erkenntnis führen dich zum nahen Ziele, wenn du festhältst an dem, was du beginnen musstest. Trage sie recht getreulich im Gemüte, *sie*, die dich liebt, und du wirst die herrlichen Wunder des goldnen Topfs schauen und glücklich sein immerdar. – Gehab dich wohl! der Archivarius Lindhorst erwartet dich morgen um zwölf Uhr in deinem Kabinett! – Gehab dich wohl!« – Der Archivarius schob den Studenten Anselmus sanft zur Tür hinaus, die er dann verschloss, und er befand sich in dem Zimmer, in welchem er gespeiset, dessen einzige Tür auf den Flur führte. Ganz betäubt von den wunderbaren Erscheinungen blieb er vor der Haustür stehen, da wurde über ihm ein Fenster geöffnet, er schaute hinauf, es war der Archivarius Lindhorst; ganz der Alte im weißgrauen Rocke, wie er ihn sonst gesehen. – Er rief ihm zu: »Ei, werter Herr Anselmus, worüber sinnen Sie denn so, was gilt's, das Arabische geht Ihnen nicht aus dem Kopf? Grüßen Sie doch den Herrn Konrektor Paulmann, wenn Sie etwa zu ihm gehen, und kommen Sie morgen Punkt zwölf Uhr wieder. Das Honorar für heute steckt bereits in Ihrer rechten Westentasche.« – Der Student Anselmus fand wirklich den blanken Speziestaler in der bezeichneten Tasche, aber er freute sich gar nicht darüber. – »Was aus dem allen werden wird, weiß ich nicht«, sprach er zu sich selbst – »umfängt mich aber auch nur ein toller Wahn und Spuk, so lebt und webt doch in meinem Innern die liebliche Serpentina, und ich will, ehe ich von ihr lasse, lieber untergehen ganz und gar, denn ich weiß

15 **Kabinett:** hier: Schreibzimmer

doch, dass der Gedanke in mir ewig ist, und kein feindliches Prinzip kann ihn vernichten; aber ist der Gedanke denn was anders, als Serpentinas Liebe?«

Siebente Vigilie

Wie der Konrektor Paulmann die Pfeife ausklopfte und zu Bett ging. – Rembrandt und Höllenbreughel. – Der Zauberspiegel und des Doktors Eckstein Rezept gegen eine unbekannte Krankheit.

Endlich klopfte der Konrektor Paulmann die Pfeife aus, sprechend: »Nun ist es doch wohl Zeit, sich zur Ruhe zu begeben.« »Jawohl«, erwiderte die durch des Vaters längeres Aufbleiben beängstete Veronika: denn es schlug längst zehn Uhr. Kaum war nun der Konrektor in sein Studier- und Schlafzimmer gegangen, kaum hatten Fränzchens schwerere Atemzüge kundgetan, dass sie wirklich fest eingeschlafen, als Veronika, die sich zum Schein auch ins Bett gelegt, leise, leise wieder aufstand, sich anzog, den Mantel umwarf und zum Hause hinausschlüpfte. – Seit dem Augenblick, als Veronika die alte Liese verlassen, stand ihr unaufhörlich der Anselmus vor Augen, und sie wusste selbst nicht, welch eine fremde Stimme im Innern ihr immer und ewig wiederholte, dass sein Widerstreben von einer ihr feindlichen Person herrühre, die ihn in Banden halte, welche Veronika durch geheimnisvolle Mittel der magischen Kunst zerreißen könne. Ihr Vertrauen auf die alte Liese wuchs mit jedem Tage, und selbst der Eindruck des Unheimlichen, Grausigen stumpfte sich ab, so dass alles Wunderliche, Seltsame ihres Verhältnisses mit der Alten ihr nur im Schimmer des Ungewöhnlichen, Romanhaften erschien, wovon sie eben recht angezogen wurde. Deshalb stand auch der Vorsatz bei ihr fest, selbst mit Gefahr vermisst zu werden und in tausend Unannehmlich-

6 **Rembrandt und Höllenbreughel:** niederländische Maler, vgl. Fußn. zu 59,3 f. und 59,4 | 28 f. **Romanhaften:** hier: romantischen

keiten zu geraten, das Abenteuer der Tag- und Nachtgleiche zu bestehen. Endlich war nun die verhängnisvolle Nacht des Äquinoktiums, in der ihr die alte Liese Hülfe und Trost verheißen, eingetreten, und Veronika, mit dem Gedanken der nächtlichen Wanderung längst vertraut geworden, fühlte sich ganz ermutigt. Pfeilschnell flog sie durch die einsamen Straßen, des Sturms nicht achtend, der durch die Lüfte brauste und ihr die dicken Regentropfen ins Gesicht warf. – Mit dumpfem dröhnenden Klange schlug die Glocke des Kreuzturms eilf Uhr, als Veronika ganz durchnässt vor dem Hause der Alten stand. »Ei Liebchen, Liebchen, schon da! – nun warte, warte!« – rief es von oben herab – und gleich darauf stand auch die Alte, mit einem Korbe beladen und von ihrem Kater begleitet, vor der Tür. »So wollen wir denn gehen und tun und treiben was ziemlich ist und gedeiht in der Nacht, die dem Werke günstig«, dies sprechend, ergriff die Alte mit kalter Hand die zitternde Veronika, welcher sie den schweren Korb zu tragen gab, während sie selbst einen Kessel, Dreifuß und Spaten auspackte. Als sie ins Freie kamen, regnete es nicht mehr, aber der Sturm war stärker geworden; tausendstimmig heulte es in den Lüften. Ein entsetzlicher herzzerschneidender Jammer tönte herab aus den schwarzen Wolken, die sich in schneller Flucht zusammenballten und alles einhüllten in dicke Finsternis. Aber die Alte schritt rasch fort, mit gellender Stimme rufend: »Leuchte – leuchte mein Junge!« Da schlängelten und kreuzten sich blaue Blitze vor ihnen her, und Veronika wurde inne, dass der Kater knisternde Funken sprühend und leuchtend vor ihnen herumsprang, und dessen ängstliches grausiges Zetergeschrei sie vernahm, wenn der Sturm nur einen Augenblick schwieg. – Ihr wollte der Atem vergehen, es war als griffen eiskalte Krallen in ihr Inneres, aber gewaltsam raffte sie sich zusammen, und sich fester an die Alte klammernd sprach sie: »Nun muss alles vollbracht werden, und es mag geschehen was da will!« »Recht so, mein Töchter-

16 **ziemlich:** hier: den Anstandsregeln entsprechend | 19 f. **Dreifuß:** hier: dreibeiniges Gestell, das oft ein Gefäß hält

chen!«, erwiderte die Alte, »bleibe fein standhaft, und ich schenke dir was Schönes und den Anselmus obendrein!« Endlich stand die Alte still, und sprach: »Nun sind wir an Ort und Stelle!« Sie grub ein Loch in die Erde, schüttete Kohlen hinein und stellte den Dreifuß darüber, auf den sie den Kessel setzte. Alles dieses begleitete sie mit seltsamen Gebärden, während der Kater sie umkreiste. Aus seinem Schweif sprühten Funken, die einen Feuerreif bildeten. Bald fingen die Kohlen an zu glühen, und endlich schlugen blaue Flammen unter dem Dreifuß hervor. Veronika musste Mantel und Schleier ablegen und sich bei der Alten niederkauern, die ihre Hände ergriff und fest drückte, mit den funkelnden Augen das Mädchen anstarrend. Nun fingen die sonderbaren Massen – waren es Blumen – Metalle – Kräuter – Tiere, man konnte es nicht unterscheiden – die die Alte aus dem Korbe genommen und in den Kessel geworfen, an zu sieden und zu brausen. Die Alte ließ Veronika los, sie ergriff einen eisernen Löffel, mit dem sie in die glühende Masse hineinfuhr und darin rührte, während Veronika auf ihr Geheiß festen Blickes in den Kessel hineinschauen und ihre Gedanken auf den Anselmus richten musste. Nun warf die Alte aufs Neue blinkende Metalle und auch eine Haarlocke, die sich Veronika vom Kopfwirbel geschnitten, sowie einen kleinen Ring, den sie lange getragen, in den Kessel, indem sie unverständliche, durch die Nacht grausig gellende Töne ausstieß, und der Kater im unaufhörlichen Rennen winselte und ächzte. – – Ich wollte, dass du, günstiger Leser! am dreiundzwanzigsten September auf der Reise nach Dresden begriffen gewesen wärest; vergebens suchte man, als der späte Abend hereinbrach, dich auf der letzten Station aufzuhalten; der freundliche Wirt stellte dir vor, es stürme und regne doch gar zu sehr, und überhaupt sei es auch nicht geheuer in der Äquinoktialnacht so ins Dunkle hineinzufahren, aber du achtetest dessen nicht, indem du ganz richtig annahmst: ich zahle dem Postillion einen ganzen Taler Trinkgeld und

36 **Postillion:** Postkutscher

bin spätestens um ein Uhr in Dresden, wo mich im Goldnen Engel oder im Helm oder in der Stadt Naumburg ein gut zugerichtetes Abendessen und ein weiches Bett erwartet. Wie du nun so in der Finsternis daherfährst, siehst du plötzlich in der Ferne ein ganz seltsames flackerndes Leuchten. Näher gekommen erblickst du einen Feuerreif, in dessen Mitte bei einem Kessel, aus dem dicker Qualm und blitzende rote Strahlen und Funken emporschießen, zwei Gestalten sitzen. Gerade durch das Feuer geht der Weg, aber die Pferde prusten und stampfen und bäumen sich – der Postillion flucht und betet – und peitscht auf die Pferde hinein – sie gehen nicht von der Stelle. – Unwillkürlich springst du aus dem Wagen und rennst einige Schritte vorwärts. Nun siehst du deutlich das schlanke holde Mädchen, die im weißen dünnen Nachtgewande bei dem Kessel kniet. Der Sturm hat die Flechten aufgelöst und das lange kastanienbraune Haar flattert frei in den Lüften. Ganz im blendenden Feuer der unter dem Dreifuß emporflackernden Flammen steht das engelschöne Gesicht, aber in dem Entsetzen, das seinen Eisstrom darüber goss, ist es erstarrt zur Totenbleiche, und in dem stieren Blick, in den hinaufgezogenen Augenbrauen, in dem Munde, der sich vergebens dem Schrei der Todesangst öffnet, welcher sich nicht entwinden kann der von namenloser Folter gepressten Brust, siehst du ihr Grausen, ihr Entsetzen; die kleinen Händchen hält sie krampfhaft zusammengefaltet in die Höhe, als riefe sie betend die Schutzengel herbei, sie zu schirmen vor den Ungetümen der Hölle, die dem mächtigen Zauber gehorchend nun gleich erscheinen werden! – So kniet sie da unbeweglich wie ein Marmorbild. Ihr gegenüber sitzt auf dem Boden niedergekauert ein langes, hageres, kupfergelbes Weib mit spitzer Habichtsnase und funkelnden Katzenaugen; aus dem schwarzen Mantel, den sie umgeworfen, starren die nackten knöchernen Arme hervor, und rührend in dem Höllensud lacht und ruft sie mit krächzender Stimme

1 f. Goldnen Engel … Helm … Stadt Naumburg: drei Gasthöfe in Dresden | **16 Flechten:** Zöpfe | **21 stieren:** starren | **36 Höllensud:** Sud: Brühe, Extrakt

durch den brausenden tosenden Sturm. – Ich glaube wohl, dass dir, günstiger Leser! kenntest du auch sonst keine Furcht und Scheu, sich doch bei dem Anblick dieses Rembrandt'schen oder Höllenbreughel'schen Gemäldes, das nun ins Leben getreten, vor Grausen die Haare auf dem Kopfe gesträubt hätten. Aber dein Blick konnte nicht loskommen von dem im höllischen Treiben befangenen Mädchen, und der elektrische Schlag, der durch alle deine Fibern und Nerven zitterte, entzündete mit der Schnelligkeit des Blitzes in dir den mutigen Gedanken, Trotz zu bieten den geheimnisvollen Mächten des Feuerkreises; in ihm ging dein Grausen unter, ja der Gedanke selbst keimte auf in diesem Grausen und Entsetzen als dessen Erzeugnis. Es war dir, als seist du selbst der Schutzengel einer, zu denen das zum Tode geängstigte Mädchen flehte, ja als müsstest du nur gleich dein Taschenpistol hervorziehen, und die Alte ohne weiteres totschießen! Aber, indem du das lebhaft dachtest, schriest du laut auf: Heda! oder: was gibt es dorten, oder: was treibt ihr da! – Der Postillion stieß schmetternd in sein Horn, die Alte kugelte um in ihren Sud hinein, und alles war mit einem Mal verschwunden in dickem Qualm. – Ob du das Mädchen, das du nun mit recht innigem Verlangen in der Finsternis suchtest, gefunden hättest, mag ich nicht behaupten, aber den Spuk des alten Weibes hattest du zerstört, und den Bann des magischen Kreises, in den sich Veronika leichtsinnig begeben, gelöset. – Weder du, günstiger Leser! noch sonst jemand, fuhr oder ging aber am dreiundzwanzigsten September in der stürmischen, den Hexenkünsten günstigen Nacht des Weges, und Veronika musste ausharren am Kessel in tödlicher Angst, bis das Werk der Vollendung nahe. – Sie vernahm wohl, wie es um sie her heulte und brauste, wie allerlei widrige Stimmen durcheinander blökten und schnatterten, aber sie schlug die Augen nicht auf, denn sie fühlte, wie der Anblick des Grässlichen, des Entsetzlichen, von dem sie umgeben, sie in unheilbaren zer-

3 f. **Rembrandt:** Rembrandt van Rijn, berühmter niederländischer Barockmaler (1606–1669) | 4 **Höllenbreughel'schen:** Pieter Breughel der Jüngere, niederländischer Maler (1564–1638) | 8 f. **Fibern:** (Muskel-)Fasern

störenden Wahnsinn stürzen könne. Die Alte hatte aufgehört im Kessel zu rühren, immer schwächer und schwächer wurde der Qualm, und zuletzt brannte nur eine leichte Spiritusflamme im Boden des Kessels. Da rief die Alte: »Veronika, mein Kind! mein Liebchen! schau hinein in den Grund! – was siehst du denn – was siehst du denn?« – Aber Veronika vermochte nicht zu antworten, unerachtet es ihr schien, als drehten sich allerlei verworrene Figuren im Kessel durcheinander; immer deutlicher und deutlicher gingen Gestalten hervor, und mit einem Mal trat, sie freundlich anblickend und die Hand ihr reichend, der Student Anselmus aus der Tiefe des Kessels. Da rief sie laut: »Ach, der Anselmus! – der Anselmus!« – Rasch öffnete die Alte den am Kessel befindlichen Hahn, und glühendes Metall strömte zischend und prasselnd in eine kleine Form, die sie daneben gestellt. Nun sprang das Weib auf und kreischte, mit wilder grässlicher Gebärde sich herumschwingend: »Vollendet ist das Werk – Dank dir, mein Junge! – hast Wache gehalten – Hui – Hui – er kommt! – beiß ihn tot – beiß ihn tot!« Aber da brauste es mächtig durch die Lüfte, es war, als rausche ein ungeheurer Adler herab, mit den Fittigen um sich schlagend, und es rief mit entsetzlicher Stimme: »Hei, hei! – ihr Gesindel! nun ist's aus – nun ist's aus – fort zu Haus!« Die Alte stürzte heulend nieder, aber der Veronika vergingen Sinn' und Gedanken. – Als sie wieder zu sich selbst kam, war es heller Tag geworden, sie lag in ihrem Bette und Fränzchen stand mit einer Tasse dampfenden Tees vor ihr, sprechend: »Aber sage mir nur, Schwester, was dir ist, da stehe ich nun schon eine Stunde oder länger vor dir, und du liegst wie in der Fieberhitze besinnungslos da und stöhnst und ächzest, dass uns angst und bange wird. Der Vater ist deinetwegen heute nicht in die Klasse gegangen, und wird gleich mit dem Herrn Doktor hereinkommen.« – Veronika nahm schweigend den Tee; indem sie ihn hinunterschlürfte, traten ihr die grässlichen Bilder der Nacht lebhaft vor Augen. »So war denn wohl alles nur ein ängstlicher Traum, der mich gequält hat? – Aber ich bin doch gestern Abend wirklich zur Alten gegangen, es war ja der dreiundzwanzigste September? – Doch bin ich wohl schon gestern recht krank geworden und habe mir das alles nur eingebildet, und nichts hat mich krank gemacht, als das ewige Denken an den Anselmus und an die wunderliche alte Frau, die sich für die Liese ausgab und mich wohl nur damit geneckt hat.« – Fränzchen, die hinausgegangen, trat wieder herein mit Veronikas ganz durchnässtem Mantel in der Hand. »Sieh nur, Schwester!«, sagte sie, »wie es deinem Mantel ergangen ist; da hat der Sturm in der Nacht das Fenster aufgerissen und den Stuhl, auf dem der Mantel lag, umgeworfen; da hat es nun wohl hineingeregnet, denn der Mantel ist ganz nass.« – Das fiel der Veronika schwer aufs Herz, denn sie merkte nun wohl, dass nicht ein Traum sie gequält, sondern dass sie wirklich bei der Alten gewesen. Da ergriff sie Angst und Grausen, und ein Fieberfrost zitterte durch alle Glieder. Im krampfhaften Erbeben zog sie die Bettdecke fest über sich; aber da fühlte sie, dass etwas Hartes ihre Brust drückte, und als sie mit der Hand danach fasste, schien es ein Medaillon zu sein; sie zog es hervor, als Fränzchen mit dem Mantel fortgegangen, und es war ein kleiner runder hell polierter Metallspiegel. »Das ist ein Geschenk der Alten«, rief sie lebhaft, und es war, als schössen feurige Strahlen aus dem Spiegel, die in ihr Innerstes drangen und es wohltuend erwärmten. Der Fieberfrost war vorüber und es durchströmte sie ein unbeschreibliches Gefühl von Behaglichkeit und Wohlsein. – An den Anselmus musste sie denken, und als sie immer fester und fester den Gedanken auf ihn richtete, da lächelte er ihr freundlich aus dem Spiegel entgegen wie ein lebhaftes Miniaturporträt. Aber bald war es ihr, als sähe sie nicht mehr das Bild – nein! – sondern den Studenten Anselmus selbst leibhaftig. Er saß in einem hohen seltsam ausstaffierten Zimmer und schrieb emsig. Veronika wollte zu ihm hintreten, ihn auf die Schulter klopfen und sprechen: »Herr Anselmus, schauen Sie doch um sich, ich bin ja da!« Aber das ging durchaus nicht an, denn es war, als umgäbe ihn ein leuchtender Feuerstrom, und wenn Veronika recht genau hinsah, waren es doch nur große Bücher mit vergoldetem Schnitt. Aber endlich gelang es der Veronika, den Anselmus ins Auge zu fassen; da war es, als müsse er im Anschauen sich erst auf sie besinnen, doch endlich lächelte er und sprach: »Ach! – sind Sie es, liebe Mademoiselle Paulmann! Aber warum belieben Sie sich denn zuweilen als ein Schlänglein zu gebärden?« Veronika musste über diese seltsamen Worte laut auflachen; darüber erwachte sie wie aus einem tiefen Traume, und sie verbarg schnell den kleinen Spiegel, als die Tür aufging und der Konrektor Paulmann mit dem Doktor Eckstein ins Zimmer kam. Der Doktor Eckstein ging sogleich ans Bette, fasste, lange in tiefem Nachdenken versunken, Veronikas Puls und sagte dann: »Ei! – Ei!« Hierauf schrieb er ein Rezept, fasste noch einmal den Puls, sagte wiederum: »Ei! Ei!« und verließ die Patientin. Aus diesen Äußerungen des Doktors Eckstein konnte aber der Konrektor Paulmann nicht recht deutlich entnehmen, was der Veronika denn wohl eigentlich fehlen möge.

Achte Vigilie

Die Bibliothek der Palmbäume. – Schicksale eines unglücklichen Salamanders. – Wie die schwarze Feder eine Runkelrübe liebkosete und der Registrator Heerbrand sich sehr betrank.

Der Student Anselmus hatte nun schon mehrere Tage bei dem Archivarius Lindhorst gearbeitet; diese Arbeitsstunden waren für ihn die glücklichsten seines Lebens, denn immer von lieblichen Klängen, von Serpentinas tröstenden Worten umflossen, ja oft von einem vorübergleitenden Hauche leise berührt, durchströmte ihn eine nie gefühlte Behaglichkeit, die oft bis zur höchsten Wonne stieg. Jede Not, jede kleinliche Sorge seiner dürftigen Existenz war ihm aus Sinn und Gedanken entschwunden, und in dem neuen Leben, das ihm wie im hellen Sonnenglanze aufgegangen, begriff er alle Wunder einer höheren Welt, die ihn sonst mit Staunen, ja mit Grausen erfüllt hatten. Mit dem Abschreiben ging es sehr schnell, indem es ihn immer mehr dünkte, er schreibe nur längst gekannte Züge auf das Pergament hin und dürfe kaum nach dem Original sehen, um alles mit der größten Genauigkeit nachzumalen. – Außer der Tischzeit ließ sich der Archivarius Lindhorst nur dann und wann sehen, aber jedesmal erschien er genau in dem Augenblick, wenn Anselmus eben die letzten Zeichen einer Handschrift vollendet hatte, und gab ihm dann eine andere, verließ ihn aber gleich wieder schweigend, nachdem er nur mit einem schwarzen Stäbchen die Tinte umgerührt und die gebrauchten Federn mit neuen schärfer gespitzten vertauscht hatte. Eines Tages, als Anselmus mit dem Glockenschlag zwölf bereits die Treppe hinaufgestiegen, fand er die Tür, durch die er gewöhnlich hineingegangen, verschlossen, und der Archivarius Lindhorst erschien in seinem wunderlichen wie mit glänzenden Blumen bestreuten Schlafrock von der andern Seite. Er rief laut: »Heute kommen Sie nur hier herein, werter Anselmus, denn wir müssen in das Zimmer, wo Bhogovotgitas Meister unsrer warten.« Er schritt durch den Korridor und führte Anselmus durch dieselben Gemächer und Säle, wie das erste Mal. – Der Student Anselmus erstaunte aufs Neue über die wunderbare Herrlichkeit des Gartens, aber er sah nun deutlich, dass manche seltsame Blüten, die an den dunkeln Büschen hingen, eigentlich in glänzenden Farben prunkende Insekten waren, die mit den Flüglein auf und nieder schlugen und durcheinander tanzend und

11 **dünkte:** vorkam | 28 **Bhogovotgitas:** eigentlich: *Bhagavad Gita*, Lehrgedicht aus dem indischen Nationalepos *Mahabharata*, zentrale Schrift des Hinduismus

wirbelnd sich mit ihren Saugrüsseln zu liebkosen schienen. Dagegen waren wieder die rosenfarbnen und himmelblauen Vögel duftende Blumen, und der Geruch, den sie verbreiteten, stieg aus ihren Kelchen empor in leisen lieblichen Tönen, die sich mit dem Geplätscher der fernen Brunnen, mit dem Säuseln der hohen Stauden und Bäume zu geheimnisvollen Akkorden einer tiefklagenden Sehnsucht vermischten. Die Spottvögel, die ihn das erste Mal so geneckt und gehöhnt, flatterten ihm wieder um den Kopf und schrien mit ihren feinen Stimmchen unaufhörlich: »Herr Studiosus, Herr Studiosus, eilen Sie nicht so – gucken Sie nicht so in die Wolken – Sie könnten auf die Nase fallen. – He, he! Herr Studiosus – nehmen Sie den Pudermantel um – Gevatter Schuhu soll Ihnen den Toupet frisieren.« – So ging es fort in allerlei dummem Geschwätz, bis Anselmus den Garten verlassen. Der Archivarius Lindhorst trat endlich in das azurblaue Zimmer; der Porphyr mit dem goldnen Topf war verschwunden, stattdessen stand ein mit violettem Samt behangener Tisch, auf dem die dem Anselmus bekannten Schreibmaterialien befindlich, in der Mitte des Zimmers, und ein ebenso beschlagener Lehnstuhl stand vor demselben. »Lieber Herr Anselmus«, sagte der Archivarius Lindhorst, »Sie haben nun schon manches Manuskript schnell und richtig zu meiner großen Zufriedenheit kopiert; Sie haben sich mein Zutrauen erworben; das Wichtigste bleibt aber noch zu tun übrig, und das ist das Abschreiben oder vielmehr Nachmalen gewisser in besonderen Zeichen geschriebener Werke, die ich hier in diesem Zimmer aufbewahre und die nur an Ort und Stelle kopiert werden können. – Sie werden daher künftig hier arbeiten, aber ich muss Ihnen die größte Vorsicht und Aufmerksamkeit empfehlen; ein falscher Strich, oder was der Himmel verhüten möge, ein Tintenfleck auf das Original gespritzt, stürzt Sie ins Unglück.« – Anselmus bemerkte, dass aus den goldnen Stämmen der Palmbäume kleine smaragdgrüne Blätter heraus-

14 **Gevatter Schuhu:** lautmalerisch Uhu, Eule | 14 **den Toupet:** das Toupet: (franz.) Perücke

ragten; eins dieser Blätter erfasste der Archivarius, und Anselmus wurde gewahr, dass das Blatt eigentlich in einer Pergamentrolle bestand, die der Archivarius aufwickelte und vor ihm auf den Tisch breitete. Anselmus wunderte sich nicht wenig über die seltsam verschlungenen Zeichen, und bei dem Anblick der vielen Pünktchen, Striche und Züge und Schnörkel, die bald Pflanzen, bald Moose, bald Tiergestalten darzustellen schienen, wollte ihm beinahe der Mut sinken, alles so genau nachmalen zu können. Er geriet darüber in tiefe Gedanken. »Mut gefasst, junger Mensch!«, rief der Archivarius, »hast du bewährten Glauben und wahre Liebe, so hilft dir Serpentina!« Seine Stimme tönte wie klingendes Metall, und als Anselmus in jähem Schreck aufblickte, stand der Archivarius Lindhorst in der königlichen Gestalt vor ihm, wie er ihm bei dem ersten Besuch im Bibliothekzimmer erschienen. Es war dem Anselmus, als müsse er von Ehrfurcht durchdrungen auf die Kniee sinken, aber da stieg der Archivarius Lindhorst an dem Stamm eines Palmbaums in die Höhe und verschwand in den smaragdenen Blättern. – Der Student Anselmus begriff, dass der Geisterfürst mit ihm gesprochen und nun in sein Studierzimmer hinaufgestiegen, um vielleicht mit den Strahlen, die einige Planeten als Gesandte zu ihm geschickt, Rücksprache zu halten, was nun mit ihm und der holden Serpentina geschehen solle. – Auch kann es sein, dachte er ferner, dass ihn Neues von den Quellen des Nils erwartet, oder dass ein Magus aus Lappland ihn besucht – mir geziemt es nun, emsig an die Arbeit zu gehen. – Und damit fing er an die fremden Zeichen der Pergamentrolle zu studieren. – Die wunderbare Musik des Gartens tönte zu ihm herüber und umgab ihn mit süßen lieblichen Düften, auch hörte er wohl die Spottvögel kickern, doch verstand er ihre Worte nicht, was ihm auch recht lieb war. Zuweilen war es auch, als rauschten die smaragdenen Blätter der Palmbäume, und als strahlten dann die holden Kristallklänge, welche Anselmus an je-

27 **Magus:** (lat.) Magier, Zauberer

nem verhängnisvollen Himmelfahrtstage unter dem Holunderbusch hörte, durch das Zimmer. Der Student Anselmus, wunderbar gestärkt durch dies Tönen und Leuchten, richtete immer fester und fester Sinn und Gedanken auf die Überschrift der Pergamentrolle, und bald fühlte er wie aus dem Innersten heraus, dass die Zeichen nichts anders bedeuten könnten, als die Worte: Von der Vermählung des Salamanders mit der grünen Schlange. – Da ertönte ein starker Dreiklang heller Kristallglocken – »Anselmus, lieber Anselmus«, wehte es ihm zu aus den Blättern, und o Wunder! an dem Stamm des Palmbaums schlängelte sich die grüne Schlange herab. – »Serpentina! holde Serpentina!«, rief Anselmus wie im Wahnsinn des höchsten Entzückens, denn so wie er schärfer hinblickte, da war es ja ein liebliches herrliches Mädchen, die mit den dunkelblauen Augen, wie sie in seinem Innern lebten, voll unaussprechlicher Sehnsucht ihn anschauend, ihm entgegenschwebte. Die Blätter schienen sich herabzulassen und auszudehnen, überall sprossten Stacheln aus den Stämmen, aber Serpentina wand und schlängelte sich geschickt durch, indem sie ihr flatterndes, wie in schillernden Farben glänzendes Gewand nach sich zog, so dass es sich dem schlanken Körper anschmiegend nirgends hängen blieb an den hervorragenden Spitzen und Stacheln der Palmbäume. Sie setzte sich neben dem Anselmus auf denselben Stuhl, ihn mit dem Arm umschlingend und an sich drückend, so dass er den Hauch, der von ihren Lippen strömte, die elektrische Wärme ihres Körpers fühlte. »Lieber Anselmus!«, fing Serpentina an, »nun bist du bald ganz mein, durch deinen Glauben, durch deine Liebe erringst du mich, und ich bringe dir den goldnen Topf, der uns beide beglückt immerdar.« – »O du holde liebe Serpentina«, sagte Anselmus, »wenn ich nur dich habe, was kümmert mich sonst alles Übrige; wenn du nur mein bist, so will ich gern untergehen in all dem Wunderbaren und Seltsamen, was mich befängt seit dem Augenblick, als ich dich sah.« »Ich weiß wohl«, fuhr Serpentina fort, »dass das Unbekannte und Wunderbare, womit mein Vater oft nur zum Spiel seiner Laune dich umfangen, Grausen und Entsetzen in dir erregt hat, aber jetzt soll es, wie ich hoffe, nicht wieder geschehen, denn ich bin in diesem Augenblick nur da, um dir, mein lieber Anselmus, alles und jedes aus tiefem Gemüte, aus tiefer Seele haarklein zu erzählen, was dir zu wissen nötig, um meinen Vater ganz zu kennen, und überhaupt recht deutlich einzusehen, was es mit ihm und mit mir für eine Bewandtnis hat.« – Dem Anselmus war es, als sei er von der holden lieblichen Gestalt so ganz und gar umschlungen und umwunden, dass er sich nur mit ihr regen und bewegen könne, und als sei es nur der Schlag ihres Pulses, der durch seine Fibern und Nerven zittere; er horchte auf jedes ihrer Worte, das bis in sein Innerstes hinein erklang, und wie ein leuchtender Strahl, die Wonne des Himmels in ihm entzündete. Er hatte den Arm um ihren schlanker als schlanken Leib gelegt, aber der schillernde glänzende Stoff ihres Gewandes war so glatt, so schlüpfrig, dass es ihm schien, als könne sie, sich ihm schnell entwindend, unaufhaltsam entschlüpfen, und er erbebte bei dem Gedanken. »Ach, verlass mich nicht, holde Serpentina«, rief er unwillkürlich aus, »nur du bist mein Leben!« – »Nicht eher heute«, sagte Serpentina, »als bis ich alles erzählt habe, was du in deiner Liebe zu mir begreifen kannst. – Wisse also, Geliebter! dass mein Vater aus dem wunderbaren Geschlecht der Salamander abstammt, und dass ich mein Dasein seiner Liebe zur grünen Schlange verdanke. In uralter Zeit herrschte in dem Wunderlande Atlantis der mächtige Geisterfürst Phosphorus, dem die Elementargeister dienten. Einst ging der Salamander, den er vor allen liebte (es war mein Vater), in dem prächtigen Garten, den des Phosphorus Mutter mit ihren schönsten Gaben auf das herrlichste geschmückt hatte, umher, und hörte, wie eine hohe Lilie in leisen Tönen sang: ›Drücke fest die Äuglein zu, bis mein Geliebter, der

31 **Elementargeister:** halbgöttliche Naturwesen; vgl. auch Anm. zu 67,31

Morgenwind, dich weckt.‹ Er trat hinzu; von seinem glühenden Hauch berührt, erschloss die Lilie ihre Blätter, und er erblickte der Lilie Tochter, die grüne Schlange, welche in dem Kelch schlummerte. Da wurde der Salamander von heißer Liebe zu der schönen Schlange ergriffen, und er raubte sie der Lilie, deren Düfte in namenloser Klage vergebens im ganzen Garten nach der geliebten Tochter riefen. Denn der Salamander hatte sie in das Schloss des Phosphorus getragen, und bat ihn: ›Vermähle mich mit der Geliebten, denn sie soll mein Eigen sein immerdar.‹ ›Törichter, was verlangst du‹, sprach der Geisterfürst, ›wisse, dass einst die Lilie meine Geliebte war und mit mir herrschte, aber der Funke, den ich in sie warf, drohte sie zu vernichten, und nur der Sieg über den schwarzen Drachen, den jetzt die Erdgeister in Ketten gebunden halten, erhielt die Lilie, dass ihre Blätter stark genug blieben, den Funken in sich zu schließen und zu bewahren. Aber, wenn du die grüne Schlange umarmst, wird deine Glut den Körper verzehren und ein neues Wesen schnell emporkeimend sich dir entschwingen.‹ Der Salamander achtete der Warnung des Geisterfürsten nicht; voll glühenden Verlangens schloss er die grüne Schlange in seine Arme, sie zerfiel in Asche und ein geflügeltes Wesen aus der Asche geboren rauschte fort durch die Lüfte. Da ergriff den Salamander der Wahnsinn der Verzweiflung, und er rannte Feuer und Flammen sprühend durch den Garten und verheerte ihn in wilder Wut, dass die schönsten Blumen und Blüten verbrannt niedersanken und ihr Jammer die Luft erfüllte. Der hocherzürnte Geisterfürst erfasste im Grimm den Salamander und sprach: ›Ausgeraset hat dein Feuer – erloschen sind deine Flammen, erblindet deine Strahlen – sinke hinab zu den Erdgeistern, die mögen dich necken und höhnen und gefangen halten, bis der Feuerstoff sich wieder entzündet und mit dir als einem neuen Wesen aus der Erde emporstrahlt.‹ Der arme Salamander sank erloschen hinab, aber da trat der alte

2 **erschloss:** hier: öffnete | 27 **verheerte:** verwüstete, zerstörte

mürrische Erdgeist, der des Phosphorus Gärtner war, hinzu und sprach: ›Herr! wer sollte mehr über den Salamander klagen, als ich! – Habe ich nicht all die schönen Blumen, die er verbrannt, mit meinen schönsten Metallen geputzt, habe ich nicht ihre Keime wacker gehegt und gepflegt und an ihnen manche schöne Farbe verschwendet? – und doch nehme ich mich des armen Salamanders an, den nur die Liebe, von der du selbst schon oft, o Herr! befangen, zur Verzweiflung getrieben, in der er den Garten verwüstet. – Erlasse ihm die zu harte Strafe!‹ – ›Sein Feuer ist für jetzt erloschen‹, sprach der Geisterfürst, ›in der unglücklichen Zeit, wenn die Sprache der Natur dem entarteten Geschlecht der Menschen nicht mehr verständlich sein, wenn die Elementargeister in ihre Regionen gebannt nur aus weiter Ferne in dumpfen Anklängen zu dem Menschen sprechen werden, wenn dem harmonischen Kreise entrückt, nur ein unendliches Sehnen ihm die dunkle Kunde von dem wundervollen Reiche geben wird, das er sonst bewohnen durfte, als noch Glaube und Liebe in seinem Gemüte wohnten, – in dieser unglücklichen Zeit entzündet sich der Feuerstoff des Salamanders aufs Neue, doch nur zum Menschen keimt er empor und muss, ganz eingehend in das dürftige Leben, dessen Bedrängnisse ertragen. Aber nicht allein die Erinnerung an seinen Urzustand soll ihm bleiben, sondern er lebt auch wieder auf in der heiligen Harmonie mit der ganzen Natur, er versteht ihre Wunder und die Macht der verbrüderten Geister steht ihm zu Gebote. In einem Lilienbusch findet er dann die grüne Schlange wieder, und die Frucht seiner Vermählung mit ihr sind drei Töchter, die den Menschen in der Gestalt der Mutter erscheinen. Zur Frühlingszeit sollen sie sich in den dunklen Holunderbusch hängen und ihre lieblichen Kristallstimmen ertönen lassen. Findet sich dann in der dürftigen armseligen Zeit der innern Verstocktheit ein Jüngling, der ihren Gesang vernimmt, ja, blickt ihn eine der Schlänglein mit ihren holdseligen Augen an, entzündet der Blick in ihm die Ahnung des fernen wundervollen Landes, zu dem er sich mutig emporschwingen kann, wenn er die Bürde des Gemeinen abgeworfen, keimt mit der Liebe zur Schlange in ihm der Glaube an die Wunder der Natur, ja an seine eigne Existenz in diesen Wundern glutvoll und lebendig auf, so wird die Schlange sein. Aber nicht eher, bis drei Jünglinge dieser Art erfunden und mit den drei Töchtern vermählt werden, darf der Salamander seine lästige Bürde abwerfen und zu seinen Brüdern gehen.‹ ›Erlaube, Herr‹, sagte der Erdgeist, ›dass ich diesen drei Töchtern ein Geschenk mache, das ihr Leben mit dem gefundenen Gemahl verherrlicht. Jede erhält von mir einen Topf vom schönsten Metall, das ich besitze, den poliere ich mit Strahlen, die ich dem Diamant entnommen; in seinem Glanze soll sich unser wundervolles Reich, wie es jetzt im Einklang mit der ganzen Natur besteht, in blendendem herrlichen Widerschein abspiegeln, aus seinem Innern aber in dem Augenblick der Vermählung eine Feuerlilie entsprießen, deren ewige Blüte den bewährt befundenen Jüngling süß duftend umfängt. Bald wird er dann ihre Sprache, die Wunder unseres Reichs verstehen und selbst mit der Geliebten in Atlantis wohnen.‹ – Du weißt nun wohl, lieber Anselmus! dass mein Vater eben der Salamander ist, von dem ich dir erzählt. Er musste seiner höheren Natur unerachtet sich den kleinlichsten Bedrängnissen des gemeinen Lebens unterwerfen, und daher kommt wohl oft die schadenfrohe Laune, mit der er manche neckt. Er hat mir oft gesagt, dass für die innere Geistesbeschaffenheit, wie sie der Geisterfürst Phosphorus damals als Bedingnis der Vermählung mit mir und meinen Schwestern aufgestellt, man jetzt einen Ausdruck habe, der aber nur zu oft unschicklicher Weise gemissbraucht werde; man nenne das nämlich ein kindliches poetisches Gemüt. – Oft finde man dieses Gemüt bei Jünglingen, die der hohen Einfachheit ihrer Sitten wegen, und weil es ihnen ganz an der sogenannten Weltbildung fehle, von dem

3 **Bürde:** Last

Pöbel verspottet würden. Ach, lieber Anselmus! – Du verstandest ja unter dem Holunderbusch meinen Gesang – meinen Blick – du liebst die grüne Schlange, du glaubst an mich und willst mein sein immerdar! – Die schöne Lilie wird emporblühen aus dem goldnen Topf und wir werden vereint glücklich und selig in Atlantis wohnen! – Aber nicht verhehlen kann ich dir, dass im grässlichen Kampf mit den Salamandern und Erdgeistern sich der schwarze Drache loswand und durch die Lüfte davonbrauste. Phosphorus hält ihn zwar wieder in Banden, aber aus den schwarzen Federn, die im Kampfe auf die Erde stäubten, keimten feindliche Geister empor, die überall den Salamandern und Erdgeistern widerstreben. Jenes Weib, das dir so feindlich ist, lieber Anselmus! und die, wie mein Vater recht gut weiß, nach dem Besitz des goldnen Topfes strebt, hat ihr Dasein der Liebe einer solchen aus dem Fittig des Drachen herabgestäubten Feder zu einer Runkelrübe zu verdanken. Sie erkennt ihren Ursprung und ihre Gewalt, denn in dem Stöhnen, in den Zuckungen des gefangenen Drachen werden ihr die Geheimnisse mancher wundervollen Konstellation offenbar, und sie bietet alle Mittel auf, von außen hinein ins Innere zu wirken, wogegen sie mein Vater mit den Blitzen, die aus dem Innern des Salamanders hervorschießen, bekämpft. Alle die feindlichen Prinzipe, die in schädlichen Kräutern und giftigen Tieren wohnen, sammelt sie und erregt, sie mischend in günstiger Konstellation, manchen bösen Spuk, der des Menschen Sinne mit Grauen und Entsetzen befängt und ihn der Macht jener Dämonen, die der Drache im Kampfe unterliegend erzeugte, unterwirft. Nimm dich vor der Alten in Acht, lieber Anselmus, sie ist dir feind, weil dein kindlich frommes Gemüt schon manchen ihrer bösen Zauber vernichtet. – Halte treu – treu – an mir, bald bist du am Ziel!« – »O meine – meine Serpentina!« – rief der Student Anselmus, »wie sollte ich denn nur von dir lassen können, wie sollte ich dich nicht lieben ewiglich!« – Ein

21 **Konstellation:** Stellung der Gestirne zueinander | 25 **Prinzipe:** Kräfte

Kuss brannte auf seinem Munde, er erwachte wie aus einem tiefen Traume, Serpentina war verschwunden, es schlug sechs Uhr, da fiel es ihm schwer aufs Herz, dass er nicht das Mindeste kopiert habe; er blickte voll Besorgnis, was der Archivarius wohl sagen werde, auf das Blatt, und o Wunder! die Kopie des geheimnisvollen Manuskripts war glücklich beendigt, und er glaubte, schärfer die Züge betrachtend, Serpentinas Erzählung von ihrem Vater, dem Liebling des Geisterfürsten Phosphorus im Wunderlande Atlantis, abgeschrieben zu haben. Jetzt trat der Archivarius Lindhorst in seinem weißgrauen Überrock, den Hut auf dem Kopfe, den Stock in der Hand, herein; er sah in das von dem Anselmus beschriebene Pergament, nahm eine große Prise und sagte lächelnd: »Das dacht' ich wohl! – Nun! hier ist der Speziestaler, Herr Anselmus, jetzt wollen wir noch nach dem Linke'schen Bade gehen – nur mir nach!« – Der Archivarius schritt rasch durch den Garten, in dem ein solcher Lärm von Singen, Pfeifen, Sprechen durcheinander war, dass der Student Anselmus ganz betäubt wurde und dem Himmel dankte, als er sich auf der Straße befand. Kaum waren sie einige Schritte gegangen, als sie dem Registrator Heerbrand begegneten, der freundlich sich anschloss. Vor dem Tore stopften sie die mitgenommenen Pfeifen; der Registrator Heerbrand beklagte kein Feuerzeug bei sich zu tragen, da rief der Archivarius Lindhorst ganz unwillig: »Was Feuerzeug! – hier ist Feuer, so viel Sie wollen!« Und damit schnippte er mit den Fingern, aus denen große Funken strömten, die die Pfeifen schnell anzündeten. »Sehen Sie das chemische Kunststückchen«, sagte der Registrator Heerbrand, aber der Student Anselmus dachte nicht ohne inneres Erbeben an den Salamander. – Im Linke'schen Bade trank der Registrator Heerbrand so viel starkes Doppelbier, dass er, sonst ein gutmütiger stiller Mann, anfing in einem quäkenden Tenor Burschenlieder zu singen, jeden hitzig fragte: ob er sein Freund sei oder nicht, und endlich von dem

35 **Burschenlieder:** Studentenlieder

Studenten Anselmus zu Hause gebracht werden musste, als der Archivarius Lindhorst schon längst auf und davon war.

Neunte Vigilie

Wie der Student Anselmus zu einiger Vernunft gelangte. – Die Punschgesellschaft. – Wie der Student Anselmus den Konrektor Paulmann für einen Schuhu hielt, und dieser sich darob sehr erzürnte. – Der Tintenklecks und seine Folgen.

Alles das Seltsame und Wundervolle, welches dem Studenten Anselmus täglich begegnet war, hatte ihn ganz dem gewöhnlichen Leben entrückt. Er sah keinen seiner Freunde mehr und harrte jeden Morgen mit Ungeduld auf die zwölfte Stunde, die ihm sein Paradies aufschloss. Und doch, indem sein ganzes Gemüt der holden Serpentina und den Wundern des Feenreichs bei dem Archivarius Lindhorst zugewandt war, musste er zuweilen unwillkürlich an Veronika denken, ja manchmal schien es ihm, als träte sie zu ihm hin und gestehe errötend, wie herzlich sie ihn liebe und wie sie danach trachte, ihn den Phantomen, von denen er nur geneckt und verhöhnt werde, zu entreißen. Zuweilen war es, als risse eine fremde plötzlich auf ihn einbrechende Macht ihn unwiderstehlich hin zur vergessenen Veronika, und er müsse ihr folgen, wohin sie nur wolle, als sei er festgekettet an das Mädchen. Gerade in der Nacht darauf, als er Serpentina zum ersten Mal in der Gestalt einer wunderbar holdseligen Jungfrau geschaut, als ihm das wunderbare Geheimnis der Vermählung des Salamanders mit der grünen Schlange offenbar worden, trat ihm Veronika lebhafter vor Augen, als jemals. – Ja! – erst als er erwachte, wurde er deutlich gewahr, dass er nur geträumt habe, da er überzeugt gewesen, Veronika sei wirklich bei ihm und klage mit dem Ausdruck eines tiefen

7 **darob:** deswegen

Schmerzes, der sein Innerstes durchdrang, dass er ihre innige Liebe den fantastischen Erscheinungen, die nur seine innere Zerrüttung hervorrufe, aufopfern und noch darüber in Unglück und Verderben geraten werde. Veronika war liebenswürdiger, als er sie je gesehen; er konnte sie kaum aus den Gedanken bringen, und dieser Zustand verursachte ihm eine Qual, der er bei einem Morgenspaziergang zu entrinnen hoffte. Eine geheime magische Gewalt zog ihn vor das Pirnaer Tor, und eben wollte er in eine Nebenstraße einbiegen, als der Konrektor Paulmann hinter ihm herkommend laut rief: »Ei, ei! – wertester Herr Anselmus! – Amice! – Amice! wo um des Himmels willen stecken Sie denn, Sie lassen sich ja gar nicht mehr sehen – wissen Sie wohl, dass sich Veronika recht sehnt, wieder einmal eins mit Ihnen zu singen? – Nun kommen Sie nur, Sie wollten ja doch zu mir!« – Der Student Anselmus ging notgedrungen mit dem Konrektor. Als sie in das Haus traten, kam ihnen Veronika sehr sauber und sorgfältig gekleidet entgegen, so dass der Konrektor Paulmann voll Erstaunen fragte: »Nun, warum so geputzt, hat man denn Besuch erwartet? – aber hier bringe ich den Herrn Anselmus!« – Als der Student Anselmus sittig und artig der Veronika die Hand küsste, fühlte er einen leisen Druck, der wie ein Glutstrom durch alle Fibern und Nerven zuckte. Veronika war die Heiterkeit, die Anmut selbst, und als Paulmann nach seinem Studierzimmer gegangen, wusste sie durch allerhand Neckerei und Schalkheit den Anselmus so hinaufzuschrauben, dass er alle Blödigkeit vergaß und sich zuletzt mit dem ausgelassenen Mädchen im Zimmer herumjagte. Da kam ihm aber wieder einmal der Dämon des Ungeschicks über den Hals, er stieß an den Tisch und Veronikas niedliches Nähkästchen fiel herab. Anselmus hob es auf, der Deckel war aufgesprungen und es blinkte ihm ein kleiner runder Metallspiegel entgegen, in den er mit ganz eigner Lust hineinschaute. Veronika schlich sich leise hinter ihn, legte die Hand auf seinen

12 **Amice!:** (lat.) Freund (Anrede) | 22 **sittig und artig:** anständig und wohlerzogen | 27 **Schalkheit:** Verschmitztheit, Verschlagenheit | 28 **Blödigkeit:** hier: Schüchternheit

Arm und schaute sich fest an ihn schmiegend ihm über die Schulter auch in den Spiegel. Da war es dem Anselmus, als beginne ein Kampf in seinem Innern – Gedanken – Bilder – blitzten hervor und vergingen wieder – der Archivarius Lindhorst – Serpentina – die grüne Schlange – endlich wurde es ruhiger und alles Verworrene fügte und gestaltete sich zum deutlichen Bewusstsein. Ihm wurde es nun klar, dass er nur beständig an Veronika gedacht, ja dass die Gestalt, welche ihm gestern in dem blauen Zimmer erschienen, auch eben Veronika gewesen, und dass die fantastische Sage von der Vermählung des Salamanders mit der grünen Schlange ja nur von ihm geschrieben, keineswegs aber erzählt worden sei. Er wunderte sich selbst über seine Träumereien und schrieb sie lediglich seinem durch die Liebe zu Veronika exaltierten Seelenzustande, sowie der Arbeit bei dem Archivarius Lindhorst zu, in dessen Zimmern es noch überdem so sonderbar betäubend dufte. Er musste herzlich über die tolle Einbildung lachen, in eine kleine Schlange verliebt zu sein und einen wohlbestallten geheimen Archivarius für einen Salamander zu halten. »Ja, ja! – es ist Veronika!«, rief er laut, aber indem er den Kopf umwandte, schaute er gerade in Veronikas blaue Augen hinein, in denen Liebe und Sehnsucht strahlten. Ein dumpfes Ach! entfloh ihren Lippen, die in dem Augenblick auf den seinigen brannten. »O ich Glücklicher«, seufzte der entzückte Student, »was ich gestern nur träumte, wird mir heute wirklich und in der Tat zuteil.« »Und willst du mich denn wirklich heiraten, wenn du Hofrat worden?«, fragte Veronika. »Allerdings!«, antwortete der Student Anselmus; indem knarrte die Tür, und der Konrektor Paulmann trat mit den Worten herein: »Nun, wertester Herr Anselmus, lasse ich Sie heute nicht fort, Sie nehmen vorlieb bei mir mit einer Suppe, und nachher bereitet uns Veronika einen köstlichen Kaffee, den wir mit dem Registrator Heerbrand, welcher herzukommen versprochen, genießen.« »Ach, bester Herr Kon-

15 **exaltierten:** überspannten, unnatürlichen | 20 **wohlbestallten:** in guter Stellung lebend

rektor«, erwiderte der Student Anselmus, »wissen Sie denn nicht, dass ich zum Archivarius Lindhorst muss, des Abschreibens wegen?« »Schauen Sie, Amice!«, sagte der Konrektor Paulmann, indem er ihm die Taschenuhr hinhielt, welche auf halb eins wies. Der Student Anselmus sah nun wohl ein, dass es viel zu spät sei zu dem Archivarius Lindhorst zu wandern, und fügte sich den Wünschen des Konrektors umso lieber, als er nun die Veronika den ganzen Tag über schauen und wohl manchen verstohlnen Blick, manchen zärtlichen Händedruck zu erhalten, ja wohl gar einen Kuss zu erobern hoffte. So hoch verstiegen sich jetzt die Wünsche des Studenten Anselmus, und es wurde ihm immer behaglicher zumute, je mehr er sich überzeugte, dass er bald von all den fantastischen Einbildungen befreit sein werde, die ihn wirklich ganz und gar zum wahnwitzigen Narren hätten machen können. Der Registrator Heerbrand fand sich wirklich nach Tische ein, und als der Kaffee genossen und die Dämmerung bereits eingebrochen, gab er schmunzelnd und fröhlich die Hände reibend zu verstehen: er trage etwas mit sich, was durch Veronikas schöne Hände, gemischt und in gehörige Form gebracht, gleichsam foliiert und rubriziert ihnen allen an dem kühlen Oktoberabende erfreulich sein werde. »So rücken Sie denn nur heraus mit dem geheimnisvollen Wesen, das Sie bei sich tragen, geschätztester Registrator«, rief der Konrektor Paulmann; aber der Registrator Heerbrand griff in die Tasche seines Matins und brachte in drei Reprisen eine Flasche Arrak, Zitronen und Zucker zum Vorschein. Kaum war eine halbe Stunde vergangen, so dampfte ein köstlicher Punsch auf Paulmanns Tische. Veronika kredenzte das Getränk, und es gab allerlei gemütliche muntre Gespräche unter den Freunden. Aber sowie dem Studenten Anselmus der Geist des Getränks zu Kopfe stieg, kamen auch alle Bilder des Wunderbaren, Seltsamen, was er in kurzer Zeit erlebt, wieder zurück. – Er sah den Archivarius Lindhorst in seinem damastnen Schlaf-

22 **foliiert und rubriziert:** nummeriert und eingeordnet (Beamtensprache) | 27 **seines Matins:** seiner weit geschnittenen/losen Jacke | 28 **Reprisen:** Wiederholungen | 28 **Arrak:** hochprozentiger asiatischer Branntwein | 31 **kredenzte:** reichte dar, bot an

rock, der wie Phosphor erglänzte – er sah das azurblaue Zimmer, die goldnen Palmbäume, ja es wurde ihm wieder so zumute, als müsse er doch an die Serpentina glauben – es brauste, es gärte in seinem Inneren. Veronika reichte ihm ein Glas Punsch, und indem er es fasste, berührte er leise ihre Hand. – »Serpentina! Veronika!« – seufzte er in sich hinein. Er versank in tiefe Träume, aber der Registrator Heerbrand rief ganz laut: »Ein wunderlicher alter Mann, aus dem niemand klug wird, bleibt er doch, der Archivarius Lindhorst. – Nun er soll leben! stoßen Sie an, Herr Anselmus!« – Da fuhr der Student Anselmus auf aus seinen Träumen und sagte, indem er mit dem Registrator Heerbrand anstieß: »Das kommt daher, verehrungswürdiger Herr Registrator, weil der Herr Archivarius Lindhorst eigentlich ein Salamander ist, der den Garten des Geisterfürsten Phosphorus im Zorn verwüstete, weil ihm die grüne Schlange davongeflogen.« »Wie – was?«, fragte der Konrektor Paulmann. »Ja«, fuhr der Student Anselmus fort, »deshalb muss er nun königlicher Archivarius sein und hier in Dresden mit seinen drei Töchtern wirtschaften, die aber weiter nichts sind, als kleine goldgrüne Schlänglein, die sich in Holunderbüschen sonnen, verführerisch singen und die jungen Leute verlocken wie die Sirenen.« – »Herr Anselmus – Herr Anselmus«, rief der Konrektor Paulmann, »rappelt's Ihnen im Kopfe? – was um des Himmels willen schwatzen Sie für ungewaschenes Zeug?« »Er hat Recht«, fiel der Registrator Heerbrand ein, »der Kerl, der Archivarius, ist ein verfluchter Salamander, der mit den Fingern feurige Schnippchen schlägt, die einem Löcher in den Überrock brennen wie glühender Schwamm. – Ja, ja, du hast Recht, Brüderchen Anselmus, und wer es nicht glaubt, ist mein Feind!« Und damit schlug der Registrator Heerbrand mit der Faust auf den Tisch, dass die Gläser klirrten. »Registrator! – sind Sie rasend?«, schrie der erboste Konrektor. – »Herr Studiosus – Herr Studiosus, was richten Sie denn nun wieder an?« –

24 **Sirenen:** antike Fabelwesen, deren Gesang die Seeleute betört

»Ach!«, sagte der Student, »Sie sind auch weiter nichts als ein Vogel – ein Schuhu, der die Toupets frisiert, Herr Konrektor!« »Was? – ich ein Vogel – ein Schuhu – ein Friseur?« – schrie der Konrektor voller Zorn – »Herr, Sie sind toll – toll!« – »Aber die Alte kommt ihm über den Hals«, rief der Registrator Heerbrand. »Ja, die Alte ist mächtig«, fiel der Student Anselmus ein, »unerachtet sie nur von niederer Herkunft, denn ihr Papa ist nichts als ein lumpichter Flederwisch und ihre Mama eine schnöde Runkelrübe, aber ihre meiste Kraft verdankt sie allerlei feindlichen Kreaturen – giftigen Kanaillen, von denen sie umgeben.« »Das ist eine abscheuliche Verleumdung«, rief Veronika mit zornglühenden Augen, »die alte Liese ist eine weise Frau und der schwarze Kater keine feindliche Kreatur, sondern ein gebildeter junger Mann von feinen Sitten und ihr Cousin germain.« »Kann *der* Salamander fressen, ohne sich den Bart zu versengen und elendiglich daraufzugehn?«, sagte der Registrator Heerbrand. »Nein, nein!«, schrie der Student Anselmus, »nun und nimmermehr wird er das können; und die grüne Schlange liebt mich, denn ich bin ein kindliches Gemüt und habe Serpentinas Augen geschaut.« »Die wird der Kater auskratzen«, rief Veronika. »Salamander – Salamander bezwingt sie alle – alle«, brüllte der Konrektor Paulmann in höchster Wut; – »aber bin ich in einem Tollhause? bin ich selbst toll? – was schwatze ich denn für wahnwitziges Zeug? – ja ich bin auch toll – auch toll!« – Damit sprang der Konrektor Paulmann auf, riss sich die Perücke vom Kopfe und schleuderte sie gegen die Stubendecke, dass die gequetschten Locken ächzten und im gänzlichen Verderben aufgelöst den Puder weit umherstäubten. Da ergriffen der Student Anselmus und der Registrator Heerbrand die Punschterrine, die Gläser, und warfen sie jubelnd und jauchzend an die Stubendecke, dass die Scherben klirrend und klingend umhersprangen. »Vivat Salamander – pereat – pereat die Alte – zerbrecht den Metallspiegel, hackt dem

9 **lumpichter:** lumpiger | 9 **Flederwisch:** Staubwedel | 11 **Kanaillen:** (franz.) Gesindel | 16 **Cousin germain:** (franz.) Geschwisterkind, Neffe | 35 **Vivat … pereat:** (lat.) es lebe … es gehe zugrunde

Kater die Augen aus! – Vöglein – Vöglein aus den Lüften – Eheu – Eheu – Evoe – Salamander!« – So schrieen und brüllten die drei wie Besessene durcheinander. Laut weinend sprang Fränzchen davon, aber Veronika lag winselnd vor Jammer und Schmerz auf dem Sofa. Da ging die Tür auf, alles war plötzlich still und es trat ein kleiner Mann in einem grauen Mäntelchen herein. Sein Gesicht hatte etwas seltsam Gravitätisches, und vorzüglich zeichnete sich die krummgebogene Nase, auf der eine große Brille saß, vor allen jemals gesehenen aus. Auch trug er solch eine besondere Perücke, dass sie eher eine Federmütze zu sein schien. »Ei, schönen guten Abend«, schnarrte das possierliche Männlein, »hier finde ich ja wohl den Studiosum Herrn Anselmus? Gehorsamste Empfehlung vom Herrn Archivarius Lindhorst, und er habe heute vergebens auf den Herrn Anselmus gewartet, aber morgen lasse er schönstens bitten, ja nicht die gewohnte Stunde zu versäumen.« Damit schritt er wieder zur Tür hinaus, und alle sahen nun wohl, dass das gravitätische Männlein eigentlich ein grauer Papagei war. Der Konrektor Paulmann und der Registrator Heerbrand schlugen eine Lache auf, die durch das Zimmer dröhnte, und dazwischen winselte und ächzte Veronika wie von namenlosem Jammer zerrissen, aber den Studenten Anselmus durchzuckte der Wahnsinn des innern Entsetzens und er rannte bewusstlos zur Tür hinaus durch die Straßen. Mechanisch fand er seine Wohnung, sein Stübchen. Bald darauf trat Veronika friedlich und freundlich zu ihm und fragte: warum er sie denn im Rausch so geängstigt habe, und er möge sich nur vor neuen Einbildungen hüten, wenn er bei dem Archivarius Lindhorst arbeite. »Gute Nacht, gute Nacht, mein lieber Freund«, lispelte leise Veronika und hauchte einen Kuss auf seine Lippen. Er wollte sie mit seinen Armen umfangen, aber die Traumgestalt war verschwunden und er erwachte heiter und gestärkt. Nun musste er selbst recht herzlich über die Wirkungen des Punsches lachen, aber in-

2 **Eheu – Eheu – Evoe:** (lat.) Jubelrufe | 12 f. **possierliche:** niedliche, drollige

dem er an Veronika dachte, fühlte er sich recht von einem behaglichen Gefühl durchdrungen. Ihr allein, sprach er zu sich selbst, habe ich es zu verdanken, dass ich von meinen albernen Grillen zurückgekommen bin. – Wahrhaftig, mir ging es nicht besser als jenem, welcher glaubte, er sei von Glas, oder dem, der die Stube nicht verließ, aus Furcht vor den Hühnern gefressen zu werden; weil er sich einbildete ein Gerstenkorn zu sein. Aber, sowie ich Hofrat worden, heirate ich ohne weiteres Mademoiselle Paulmann und bin glücklich. – Als er nun mittags durch den Garten des Archivarius Lindhorst ging, konnte er sich nicht genug wundern, wie ihm das alles sonst so seltsam und wundervoll habe vorkommen können. Er sah nichts als gewöhnliche Scherbenpflanzen, allerlei Geranien, Myrtenstöcke u. dergl. Statt der glänzenden bunten Vögel, die ihn sonst geneckt, flatterten nur einige Sperlinge hin und her, die ein unverständliches unangenehmes Geschrei erhoben, als sie den Anselmus gewahr wurden. Das blaue Zimmer kam ihm auch ganz anders vor, und er begriff nicht, wie ihm das grelle Blau und die unnatürlichen goldnen Stämme der Palmbäume mit den unförmlichen blinkenden Blättern nur einen Augenblick hatten gefallen können. – Der Archivarius sah ihn mit einem ganz eignen ironischen Lächeln an und fragte: »Nun, wie hat Ihnen gestern der Punsch geschmeckt, werter Anselmus?« »Ach, gewiss hat Ihnen der Papagei«, erwiderte der Student Anselmus ganz beschämt, aber er stockte, denn er dachte nun wieder daran, dass auch die Erscheinung des Papageis wohl nur Blendwerk der befangenen Sinne gewesen. »Ei, ich war ja selbst in der Gesellschaft«, fiel der Archivarius Lindhorst ein, »haben Sie mich denn nicht gesehen? Aber bei dem tollen Unwesen, das ihr triebt, wäre ich beinahe hart beschädigt worden; denn ich saß eben in dem Augenblick noch in der Terrine, als der Registrator Heerbrand danach griff, um sie gegen die Decke zu schleudern, und musste mich schnell in des Konrektors Pfeifenkopf retirieren.

4 Grillen: Einbildungen | **36 retirieren:** sich zurückziehen

Nun Adieu, Herr Anselmus! – sei'n Sie fleißig, auch für den gestrigen versäumten Tag zahle ich den Speziestaler, da Sie bisher so wacker gearbeitet.« »Wie kann der Archivarius nur solch tolles Zeug faseln«, sagte der Student Anselmus zu sich selbst und setzte sich an den Tisch, um die Kopie des Manuskripts zu beginnen, das der Archivarius wie gewöhnlich vor ihm ausgebreitet. Aber er sah auf der Pergamentrolle so viele sonderbare krause Züge und Schnörkel durcheinander, die, ohne dem Auge einen einzigen Ruhepunkt zu geben, den Blick verwirrten, dass es ihm beinahe unmöglich schien, das alles genau nachzumalen. Ja, bei dem Überblick des Ganzen schien das Pergament nur ein bunt geaderter Marmor oder ein mit Moosen durchsprenkelter Stein. – Er wollte dessen unerachtet das Mögliche versuchen und tunkte getrost die Feder ein, aber die Tinte wollte durchaus nicht fließen, er spritzte die Feder ungeduldig aus, und – o Himmel! ein großer Klecks fiel auf das ausgebreitete Original. Zischend und brausend fuhr ein blauer Blitz aus dem Fleck und schlängelte sich krachend durch das Zimmer bis zur Decke hinauf. Da quoll ein dicker Dampf aus den Wänden, die Blätter fingen an zu rauschen wie vom Sturme geschüttelt, und aus ihnen schossen blinkende Basilisken im flackernden Feuer herab, den Dampf entzündend, dass die Flammenmassen prasselnd sich um den Anselmus wälzten. Die goldnen Stämme der Palmbäume wurden zu Riesenschlangen, die ihre grässlichen Häupter in schneidendem Metallklange zusammenstießen und mit den geschuppten Leibern den Anselmus umwanden. »Wahnsinniger! erleide nun die Strafe dafür, was du im frechen Frevel tatest!« – So rief die fürchterliche Stimme des gekrönten Salamanders, der über den Schlangen wie ein blendender Strahl in den Flammen erschien, und nun sprühten ihre aufgesperrten Rachen Feuer-Katarakte auf den Anselmus, und es war als verdichteten sich die Feuerströme um seinen Körper und würden zur festen eiskalten Masse. Aber indem des Ansel-

23 **Basilisken:** (griech.) Fabelwesen, deren Atem und Anblick für den Menschen tödlich ist; christl. Symbol für den Teufel | 34 **Feuer-Katarakte:** Feuerströme, Feuerwellen

mus Glieder enger und enger sich zusammenziehend erstarrten, vergingen ihm die Gedanken. Als er wieder zu sich selbst kam, konnte er sich nicht regen und bewegen, er war wie von einem glänzenden Schein umgeben, an dem er sich, wollte er nur die Hand erheben oder sonst sich rühren, stieß. – Ach! er saß in einer wohlverstopften Kristallflasche auf einem Repositorium im Bibliothekzimmer des Archivarius Lindhorst.

Zehnte Vigilie

Die Leiden des Studenten Anselmus in der gläsernen Flasche. – Glückliches Leben der Kreuzschüler und Praktikanten. – Die Schlacht im Bibliothekzimmer des Archivarius Lindhorst. – Sieg des Salamanders und Befreiung des Studenten Anselmus.

Mit Recht darf ich zweifeln, dass du, günstiger Leser! jemals in einer gläsernen Flasche verschlossen gewesen sein solltest, es sei denn, dass ein lebendiger neckhafter Traum dich einmal mit solchem feeischen Unwesen befangen hätte. War das der Fall, so wirst du das Elend des armen Studenten Anselmus recht lebhaft fühlen; hast du aber auch dergleichen nie geträumt, so schließt dich deine rege Fantasie mir und dem Anselmus zu Gefallen wohl auf einige Augenblicke in das Kristall ein. – Du bist von blendendem Glanze dicht umflossen, alle Gegenstände rings umher erscheinen dir von strahlenden Regenbogenfarben erleuchtet und umgeben – alles zittert und wankt und dröhnt im Schimmer – du schwimmst regungs- und bewegungslos wie in einem festgefrornen Äther, der dich einpresst, so dass der Geist vergebens dem toten Körper gebietet. Immer gewichtiger und gewichtiger drückt die zentnerschwere Last deine Brust – immer mehr und mehr zehrt jeder Atemzug die Lüftchen weg, die im engen

7 **Repositorium:** Büchergestell, Regalbrett | 11 **Kreuzschüler:** Schüler der Dresdener Kreuzschule | 16 **neckhafter:** boshafter | 27 **Äther:** Luft (poetisch)

Raum noch auf- und niederwallten – deine Pulsadern schwellen auf, und von grässlicher Angst durchschnitten zuckt jeder Nerv im Todeskampfe blutend. – Habe Mitleid, günstiger Leser! mit dem Studenten Anselmus, den diese namenlose Marter in seinem gläsernen Gefängnisse ergriff; aber er fühlte wohl, dass der Tod ihn nicht erlösen könne, denn erwachte er nicht aus der tiefen Ohnmacht, in die er im Übermaß seiner Qual versunken, als die Morgensonne in das Zimmer hell und freundlich hineinschien, und fing seine Marter nicht von Neuem an? – Er konnte kein Glied regen, aber seine Gedanken schlugen an das Glas, ihn im misstönenden Klange betäubend, und er vernahm statt der Worte, die der Geist sonst aus dem Innern gesprochen, nur das dumpfe Brausen des Wahnsinns. – Da schrie er auf in Verzweiflung: »O Serpentina – Serpentina, rette mich von dieser Höllenqual!« Und es war als umwehten ihn leise Seufzer, die legten sich um die Flasche wie grüne durchsichtige Holunderblätter, das Tönen hörte auf, der blendende verwirrende Schein war verschwunden und er atmete freier. »Bin ich denn nicht an meinem Elende lediglich selbst schuld, ach! habe ich nicht gegen dich selbst, holde, geliebte Serpentina! gefrevelt? – habe ich nicht schnöde Zweifel gegen dich gehegt? habe ich nicht den Glauben verloren und mit ihm alles, alles was mich hoch beglücken sollte? – Ach, du wirst nun wohl nimmer mein werden, für mich ist der goldne Topf verloren, ich darf seine Wunder nimmermehr schauen. Ach, nur ein einziges Mal möcht' ich dich sehen, deine holde süße Stimme hören, liebliche Serpentina!« – So klagte der Student Anselmus von tiefem schneidendem Schmerz ergriffen, da sagte jemand dicht neben ihm: »Ich weiß gar nicht was Sie wollen, Herr Studiosus, warum lamentieren Sie so über alle Maßen?« – Der Student Anselmus wurde gewahr, dass neben ihm auf demselben Repositorium noch fünf Flaschen standen, in welchen er drei Kreuzschüler und zwei Praktikanten erblickte. – »Ach, meine Herren und Gefährten im Unglück«, rief er aus, »wie ist es Ihnen denn möglich, so gelassen, ja so vergnügt zu sein, wie ich es an Ihren heitern Mienen bemerke? – Sie sitzen ja doch ebenso gut eingesperrt in gläsernen Flaschen als ich, und können sich nicht regen und bewegen, ja nicht einmal was Vernünftiges denken, ohne dass ein Mordlärm entsteht mit Klingen und Schallen, und ohne dass es Ihnen im Kopfe ganz schrecklich saust und braust. Aber Sie glauben gewiss nicht an den Salamander und an die grüne Schlange.« »Sie faseln wohl, mein Herr Studiosus«, erwiderte ein Kreuzschüler, »nie haben wir uns besser befunden, als jetzt, denn die Speziestaler, welche wir von dem tollen Archivarius erhalten für allerlei konfuse Abschriften, tun uns wohl; wir dürfen jetzt keine italienische Chöre mehr auswendig lernen, wir gehen jetzt alle Tage zu Josephs oder sonst in andere Kneipen, lassen uns das Doppelbier wohl schmecken, sehen auch wohl einem hübschen Mädchen in die Augen, singen wie wirkliche Studenten ›Gaudeamus igitur‹ und sind seelenvergnügt.« – »Die Herren haben ganz Recht«, fiel ein Praktikant ein, »auch ich bin mit Speziestalern reichlich versehen, wie hier mein teurer Kollege nebenan, und spaziere fleißig auf den Weinberg, statt bei der leidigen Aktenschreiberei zwischen vier Wänden zu sitzen.« »Aber meine besten wertesten Herren!«, sagte der Student Anselmus, »spüren Sie es denn nicht, dass Sie alle samt und sonders in gläsernen Flaschen sitzen und sich nicht regen und bewegen, viel weniger umherspazieren können?« – Da schlugen die Kreuzschüler und die Praktikanten eine helle Lache auf und schrieen: »Der Studiosus ist toll, er bildet sich ein in einer gläsernen Flasche zu sitzen, und steht auf der Elbebrücke und sieht gerade hinein ins Wasser. Gehen wir nur weiter!« »Ach«, seufzte der Student, »die schauten niemals die holde Serpentina, sie wissen nicht was Freiheit und Leben in Glauben und Liebe ist, deshalb spüren sie nicht den Druck des Gefängnisses, in das sie der Salamander bannte, ihrer Torheit, ih-

18 f. Gaudeamus igitur: (lat.) Lasst uns fröhlich sein (populäres Studentenlied)

res gemeinen Sinnes wegen, aber ich Unglücklicher werde vergehen in Schmach und Elend, wenn sie, die ich so unaussprechlich liebe, mich nicht rettet.« – Da wehte und säuselte Serpentinas Stimme durch das Zimmer: »Anselmus! – glaube, liebe, hoffe!« – Und jeder Laut strahlte in das Gefängnis des Anselmus hinein, und das Kristall musste seiner Gewalt weichen und sich ausdehnen, dass die Brust des Gefangenen sich regen und erheben konnte! – Immer mehr verringerte sich die Qual seines Zustandes, und er merkte wohl, dass ihn Serpentina noch liebe, und dass nur *sie* es sei, die ihm den Aufenthalt in dem Kristall erträglich mache. Er bekümmerte sich nicht mehr um seine leichtsinnigen Unglücksgefährten, sondern richtete Sinn und Gedanken nur auf die holde Serpentina. – Aber plötzlich entstand von der andern Seite her ein dumpfes widriges Gemurmel. Er konnte bald deutlich bemerken, dass dies Gemurmel von einer alten Kaffeekanne mit halbzerbrochenem Deckel herrührte, die ihm gegenüber auf einem kleinen Schrank hingestellt war. Sowie er schärfer hinschaute, entwickelten sich immer mehr die garstigen Züge eines alten verschrumpften Weibergesichts, und bald stand das Äpfelweib vom Schwarzen Tor vor dem Repositorium. Diese grinsete und lachte ihn an und rief mit gellender Stimme: »Ei, ei, Kindchen! – musst du nun ausharren? – Ins Kristall nun dein Fall! – hab ich dir's nicht längst vorausgesagt?« »Höhne und spotte nur, du verdammtes Hexenweib«, sagte der Student Anselmus, »du bist schuld an allem, aber der Salamander wird dich treffen, du schnöde Runkelrübe!« – »Ho, ho!«, erwiderte die Alte, nur nicht so stolz! Du hast meinen Söhnlein ins Gesicht getreten, du hast mir die Nase verbrannt, aber doch bin ich dir gut, du Schelm, weil du sonst ein artiger Mensch warst, und mein Töchterchen ist dir auch gut. Aus dem Kristall kommst du aber nun einmal nicht, wenn ich dir nicht helfe; hinauflangen zu dir kann ich nicht, aber meine Frau Gevatterin, die Ratte, welche gleich über dir auf dem Boden wohnt, die soll das Brett entzweinagen, auf dem du stehst, dann purzelst du hinunter und ich fange dich auf in der Schürze, damit du dir die Nase nicht zerschlägst, sondern fein dein glattes Gesichtlein erhältst, und ich trage dich flugs zur Mamsell Veronika, die mußt du heiraten, wenn du Hofrat worden.« »Lass ab von mir, Satans-Geburt«, schrie der Student Anselmus voller Grimm, »nur deine höllischen Künste haben mich zu dem Frevel gereizt, den ich nun abbüßen muss. – Aber geduldig ertrage ich alles, denn nur hier kann ich sein, wo die holde Serpentina mich mit Liebe und Trost umfängt! – Hör' es, Alte, und verzweifle! Trotz biete ich deiner Macht, ich liebe ewiglich nur Serpentina – ich will nie Hofrat werden – nie die Veronika schauen, die mich durch dich zum Bösen verlockt! – Kann die grüne Schlange nicht mein werden, so will ich untergehen in Sehnsucht und Schmerz! – Hebe dich weg – hebe dich weg – du schnöder Wechselbalg!« – Da lachte die Alte auf, dass es im Zimmer gellte, und rief: »So sitze denn und verderbe, aber nun ist's Zeit ans Werk zu gehen, denn mein Geschäft hier ist noch von anderer Art.« – Sie warf den schwarzen Mantel ab und stand da in ekelhafter Nacktheit, dann fuhr sie in Kreisen umher, und große Folianten stürzten herab, aus denen riss sie Pergamentblätter, und diese im künstlichen Gefüge schnell zusammenheftend und auf den Leib ziehend, war sie bald wie in einen seltsamen bunten Schuppenharnisch gekleidet. Feuersprühend sprang der schwarze Kater aus dem Tintenfasse, das auf dem Schreibtische stand, und heulte der Alten entgegen, die laut aufjubelte und mit ihm durch die Tür verschwand. Anselmus merkte, dass sie nach dem blauen Zimmer gegangen, und bald hörte er es in der Ferne zischen und brausen, die Vögel im Garten schrien, der Papagei schnarrte: »Rette – rette – Raub – Raub!« – In dem Augenblick kam die Alte ins Zimmer zurückgesprungen, den goldnen Topf auf dem Arm tragend und mit grässlicher Gebärde wild durch die

18 **Wechselbalg:** missgestaltetes Wesen, aus der Art geschlagenes Wesen | 23 **Folianten:** große, schwere Bücher (Folio gibt ein Format an) | 27 **Schuppenharnisch:** Rüstung aus Metallschuppen

Lüfte schreiend: »Glück auf! – Glück auf! – Söhnlein – töte die grüne Schlange! auf, Söhnlein, auf!« – Es war dem Anselmus, als höre er ein tiefes Stöhnen, als höre er Serpentinas Stimme. Da ergriff ihn Entsetzen und Verzweiflung. – Er raffte alle seine Kraft zusammen, er stieß mit Gewalt, als sollten Nerven und Adern zerspringen, gegen das Kristall – ein schneidender Klang fuhr durch das Zimmer und der Archivarius stand in der Tür in seinem glänzenden damastnen Schlafrock: »Hei, hei! Gesindel, toller Spuk – Hexenwerk – hieher – heisa!« So schrie er. Da richteten sich die schwarzen Haare der Alten wie Borsten empor, ihre glutroten Augen erglänzten von höllischem Feuer, und die spitzigen Zähne des weiten Rachens zusammenbeißend zischte sie: »Frisch – frisch 'raus – zisch aus, zisch aus«, und lachte und meckerte höhnend und spottend, und drückte den goldnen Topf fest an sich und warf daraus Fäuste voll glänzender Erde auf den Archivarius, aber sowie die Erde den Schlafrock berührte, wurden Blumen daraus, die herabfielen. Da flackerten und flammten die Lilien des Schlafrocks empor, und der Archivarius schleuderte die in knisterndem Feuer brennenden Lilien auf die Hexe, die vor Schmerz heulte; aber indem sie in die Höhe sprang und den pergamentnen Harnisch schüttelte, verlöschten die Lilien und zerfielen in Asche. »Frisch darauf, mein Junge!«, kreischte die Alte, da fuhr der Kater auf in die Luft und brauste fort nach der Tür über den Archivarius, aber der graue Papagei flatterte ihm entgegen und fasste ihn mit dem krummen Schnabel im Genick, dass rotes feuriges Blut ihm aus dem Halse stürzte, und Serpentinas Stimme rief: »Gerettet! – gerettet!« – Die Alte sprang voller Wut und Verzweiflung auf den Archivarius los, sie warf den Topf hinter sich und wollte die langen Finger der dürren Fäuste emporspreizend den Archivarius umkrallen, aber dieser riss schnell den Schlafrock herunter und schleuderte ihn der Alten entgegen. Da zischten und sprühten und brausten blaue knisternde Flammen aus den

Pergamentblättern, und die Alte wälzte sich im heulenden Jammer und trachtete immer mehr Erde aus dem Topfe zu greifen, immer mehr Pergamentblätter aus den Büchern zu erhaschen, um die lodernden Flammen zu ersticken, und wenn ihr es gelang, Erde oder Pergamentblätter auf sich zu stürzen, verlöschte das Feuer. Aber nun fuhren wie aus dem Innern des Archivarius flackernde zischende Strahlen auf die Alte. »Hei, hei! drauf und dran – Sieg dem Salamander!«, dröhnte die Stimme des Archivarius durch das Zimmer, und hundert Blitze schlängelten sich in feurigen Kreisen um die kreischende Alte. Sausend und brausend fuhren in wütendem Kampfe Kater und Papagei umher, aber endlich schlug der Papagei mit den starken Fittigen den Kater zu Boden, und mit den Krallen ihn durchspießend und festhaltend, dass er in der Todesnot grässlich heulte und ächzte, hackte er ihm mit dem scharfen Schnabel die glühenden Augen aus, dass der brennende Gischt herausspritzte. – Dicker Qualm strömte da empor, wo die Alte zur Erde niedergestürzt unter dem Schlafrock gelegen, ihr Geheul, ihr entsetzliches schneidendes Jammergeschrei verhallte in weiter Ferne. Der Rauch, der sich mit durchdringendem Gestank verbreitet, verdampfte, der Archivarius hob den Schlafrock auf und unter demselben lag eine garstige Runkelrübe. »Verehrter Herr Archivarius, hier bringe ich den überwundenen Feind«, sprach der Papagei, indem er dem Archivarius Lindhorst ein schwarzes Haar im Schnabel darreichte. »Sehr gut, mein Lieber«, antwortete der Archivarius, »hier liegt auch meine überwundene Feindin, besorgen Sie gütigst nunmehr das Übrige; noch heute erhalten Sie als ein kleines Douceur sechs Kokosnüsse und eine neue Brille, da, wie ich sehe, der Kater Ihnen die Gläser schändlich zerbrochen.« »Lebenslang der Ihrige, verehrungswürdiger Freund und Gönner!«, versetzte der Papagei sehr vergnügt, nahm die Runkelrübe in den Schnabel und flatterte damit zum Fenster hinaus, das ihm der Archivarius Lind-

31 **Douceur:** (franz.) Leckerei, Süßigkeit

horst geöffnet. Dieser ergriff den goldnen Topf und rief stark: »Serpentina, Serpentina!« – Aber wie nun der Student Anselmus hoch erfreut über den Untergang des schnöden Weibes, das ihn ins Verderben gestürzt, den Archivarius anblickte, da war es wieder die hohe majestätische Gestalt des Geisterfürsten, die mit unbeschreiblicher Anmut und Würde zu ihm hinaufschaute. – »Anselmus«, sprach der Geisterfürst, »nicht du, sondern nur ein feindliches Prinzip, das zerstörend in dein Inneres zu dringen und dich mit dir selbst zu entzweien trachtete, war schuld an deinem Unglauben. – Du hast deine Treue bewährt, sei frei und glücklich.« Ein Blitz zuckte durch das Innere des Anselmus, der herrliche Dreiklang der Kristallglocken ertönte stärker und mächtiger, als er ihn je vernommen – seine Fibern und Nerven erbebten – aber immer mehr anschwellend dröhnte der Akkord durch das Zimmer, das Glas, welches den Anselmus umschlossen, zersprang und er stürzte in die Arme der holden lieblichen Serpentina.

Eilfte Vigilie

Des Konrektors Paulmann Unwille über die in seiner Familie ausgebrochene Tollheit. – Wie der Registrator Heerbrand Hofrat worden, und im stärksten Froste in Schuhen und seidenen Strümpfen einherging. – Veronikas Geständnisse. – Verlobung bei der dampfenden Suppenschüssel.

»Aber sagen Sie mir nur, wertester Registrator! wie uns gestern der vermaledeite Punsch so in den Kopf steigen und zu allerlei Allotriis treiben konnte?« – Dies sprach der Konrektor Paulmann, indem er am andern Morgen in das Zimmer trat, das noch voll zerbrochener Scherben lag, und in dessen Mitte die unglückliche Perücke in ihre ursprüngliche Bestandteile aufgelöset im Punsche umher-

27 **Allotriis:** (lat., Plural) Unfug

schwamm. Als der Student Anselmus zur Tür hinausgerannt war, kreuzten und wackelten der Konrektor Paulmann und der Registrator Heerbrand durch das Zimmer, schreiend wie Besessene und mit den Köpfen aneinander rennend, bis Fränzchen den schwindligten Papa mit vieler Mühe ins Bett brachte und der Registrator in höchster Ermattung aufs Sofa sank, welches Veronika, ins Schlafzimmer flüchtend, verlassen. Der Registrator Heerbrand hatte sein blaues Schnupftuch um den Kopf gewickelt, sah ganz blass und melancholisch aus und stöhnte: »Ach, werter Konrektor, nicht der Punsch, den Mamsell Veronika köstlich bereitet, nein! – sondern lediglich der verdammte Student ist an all dem Unwesen schuld. Merken Sie denn nicht, dass er schon längst mente captus ist? Aber wissen Sie denn nicht auch, dass der Wahnsinn ansteckt? – Ein Narr macht viele; verzeihen Sie, das ist ein altes Sprichwort; vorzüglich, wenn man ein Gläschen getrunken, da gerät man leicht in die Tollheit und manövriert unwillkürlich nach und bricht aus in die Exerzitia, die der verrückte Flügelmann vormacht. Glauben Sie denn, Konrektor! dass mir noch ganz schwindlig ist, wenn ich an den grauen Papagei denke?« – »Ach was«, fiel der Konrektor ein, »Possen! – es war ja der alte kleine Famulus des Archivarii, der einen grauen Mantel umgenommen und den Studenten Anselmus suchte.« »Es kann sein«, versetzte der Registrator Heerbrand, »aber ich muss gestehen, dass mir ganz miserabel zumute ist; die ganze Nacht über hat es so wunderlich georgelt und gepfiffen.« – »Das war ich«, erwiderte der Konrektor; »denn ich schnarche stark.« – »Nun, mag das sein«, fuhr der Registrator fort – »aber Konrektor, Konrektor! – nicht ohne Ursache hatte ich gestern dafür gesorgt uns einige Fröhlichkeit zu bereiten – aber der Anselmus hat mir alles verdorben. – Sie wissen nicht – o Konrektor, Konrektor!« – Der Registrator Heerbrand sprang auf, riss das Tuch vom Kopfe, umarmte den Konrektor, drückte ihm feurig die Hand, rief noch einmal

14 **mente captus:** (lat.) verrückt | 19 **Exerzitia:** (lat.) Übung | 20 **Flügelmann:** Soldat am Anfang oder Ende einer Reihe | 23 **Famulus:** (lat.) Gehilfe, Assistent | 28 **georgelt:** laut gebraust

ganz herzbrechend: »O Konrektor, Konrektor!« und rannte Hut und Stock ergreifend schnell von dannen. »Der Anselmus soll mir nicht mehr über die Schwelle«, sprach der Konrektor Paulmann zu sich selbst, »denn ich sehe nun wohl, dass er mit seinem verstockten innern Wahnsinn die besten Leute um ihr bisschen Vernunft bringt; der Registrator ist nun auch geliefert – *ich* habe mich bisher noch gehalten, aber der Teufel, der gestern im Rausch stark anklopfte, könnte doch wohl am Ende einbrechen und sein Spiel treiben. – Also apage Satanas! – fort mit dem Anselmus!« – Veronika war ganz tiefsinnig geworden, sie sprach kein Wort, lächelte nur zuweilen ganz seltsam und war am liebsten allein. »Die hat der Anselmus auch auf der Seele«, sagte der Konrektor voller Bosheit, »aber es ist gut, dass er sich gar nicht sehen lässt, ich weiß, dass er sich vor mir fürchtet – der Anselmus, deshalb kommt er gar nicht her.« Das Letzte sprach der Konrektor Paulmann ganz laut, da stürzten der Veronika, die eben gegenwärtig, die Tränen aus den Augen und sie seufzte: »Ach, kann denn der Anselmus herkommen? der ist ja schon längst in die gläserne Flasche eingesperrt.« »Wie – was?« – rief der Konrektor Paulmann. »Ach Gott – ach Gott, auch sie faselt schon wie der Registrator, es wird bald zum Ausbruch kommen. – Ach du verdammter, abscheulicher Anselmus!« – Er rannte gleich fort zum Doktor Eckstein, der lächelte und sagte wieder: »Ei, ei!« – Er verschrieb aber nichts, sondern setzte dem Wenigen, was er geäußert, noch weggehend hinzu: »Nervenzufälle! – wird sich geben von selbst – in die Luft führen – spazieren fahren – sich zerstreuen – Theater – Sonntagskind – Schwestern von Prag – wird sich geben!« – »So beredt war der Doktor selten«, dachte der Konrektor Paulmann, »ordentlich geschwätzig.« – Mehrere Tage und Wochen und Monate waren vergangen, der Anselmus war verschwunden, aber auch der Registrator Heerbrand ließ sich nicht sehen, bis am vierten Februar, da trat er in einem neuen

10 **apage Satanas!:** (lat.) Weiche, Satan! | 30 f. **Sonntagskind … Schwestern von Prag:** *Das Neusonntagskind* und *Die Schwestern von Prag*, Singspiele von Wenzel Müller

modernen Kleide vom besten Tuch, in Schuhen und seidenen Strümpfen, des starken Frostes unerarchtet, einen großen Strauß lebendiger Blumen in der Hand, mittags Punkt zwölf Uhr in das Zimmer des Konrektors Paulmann, der nicht wenig über seinen geputzten Freund erstaunte. Feierlich schritt der Registrator Heerbrand auf den Konrektor Paulmann los, umarmte ihn mit feinem Anstande und sprach dann: »Heute an dem Namenstage Ihrer lieben verehrten Mamsell Tochter Veronika, will ich denn nun alles gerade heraus sagen, was mir längst auf dem Herzen gelegen! Damals, an dem unglücklichen Abend, als ich die Ingredienzen zu dem verderblichen Punsch in der Tasche meines Matins herbeitrug, hatte ich es im Sinn, eine freudige Nachricht Ihnen mitzuteilen und den glückseligen Tag in Fröhlichkeit zu feiern, schon damals hatte ich es erfahren, dass ich Hofrat worden, über welche Standeserhöhung ich jetzt das Patent cum nomine et sigillo principis erhalten und in der Tasche trage.« – »Ach, ach! Herr Registr– Herr Hofrat Heerbrand, wollte ich sagen«, stammelte der Konrektor. – »Aber Sie, verehrter Konrektor«, fuhr der nunmehrige Hofrat Heerbrand fort, »Sie können erst mein Glück vollenden. Schon längst habe ich die Mamsell Veronika im Stillen geliebt und kann mich manches freundlichen Blickes rühmen, den sie mir zugeworfen, und der mir deutlich gezeigt, dass sie mir wohl nicht abhold sein dürfte. Kurz, verehrter Konrektor! – ich, der Hofrat Heerbrand, bitte um die Hand Ihrer liebenswürdigen Demoiselle Tochter Veronika, die ich, haben Sie nichts dagegen, in kurzer Zeit heimzuführen gedenke.« Der Konrektor Paulmann schlug voller Verwunderung die Hände zusammen und rief: »Ei – Ei – Ei – Herr Registr– Herr Hofrat, wollte ich sagen, wer hätte das gedacht! – Nun, wenn Veronika Sie in der Tat liebt, ich meinesteils habe nichts dagegen; vielleicht ist auch ihre jetzige Schwermut nur eine versteckte Verliebtheit in Sie, verehrter Hofrat! man kennt ja die Possen.« – In dem Au-

5 **geputzten:** herausgeputzten | 12 **Ingredienzen:** Zutaten, Bestandteile | 13 **Matins:** Mantels | 17 f. **Patent cum nomine et sigillo principis:** (lat.) Urkunde mit Unterschrift und Siegel des Fürsten | 26 **abhold:** abgeneigt | 28 **Demoiselle:** Fräulein | 29 **heimzuführen:** zu heiraten

genblick trat Veronika herein, blass und verstört, wie sie jetzt gewöhnlich war. Da schritt der Hofrat Heerbrand auf sie zu, erwähnte in wohlgesetzter Rede ihres Namenstages und überreichte ihr den duftenden Blumenstrauß nebst einem kleinen Päckchen, aus dem ihr, als sie es öffnete, ein Paar glänzende Ohrgehänge entgegenstrahlten. Eine schnelle fliegende Röte färbte ihre Wangen, die Augen blitzten lebhafter und sie rief: »Ei, mein Gott! das sind ja dieselben Ohrgehänge, die ich schon vor mehreren Wochen trug und mich daran ergötzte!« – »Wie ist denn das möglich«, fiel der Hofrat Heerbrand etwas bestürzt und empfindlich ein, »da ich dieses Geschmeide erst seit einer Stunde in der Schlossgasse für schmähliches Geld erkauft?« – Aber die Veronika hörte nicht darauf, sondern stand schon vor dem Spiegel, um die Wirkung des Geschmeides, das sie bereits in die kleinen Öhrchen gehängt, zu erforschen. Der Konrektor Paulmann eröffnete ihr mit gravitätischer Miene und mit ernstem Ton die Standeserhöhung Freund Heerbrands und seinen Antrag. Veronika schaute den Hofrat mit durchdringendem Blick an und sprach: »Das wusste ich längst, dass Sie mich heiraten wollen. – Nun es sei! – ich verspreche Ihnen Herz und Hand, aber ich muss Ihnen nur gleich – Ihnen beiden nämlich, dem Vater und dem Bräutigam, manches entdecken, was mir recht schwer in Sinn und Gedanken liegt – jetzt gleich, und sollte darüber die Suppe kalt werden, die, wie ich sehe, Fränzchen soeben auf den Tisch setzt.« Ohne des Konrektors und des Hofrats Antwort abzuwarten, unerachtet ihnen sichtlich die Worte auf den Lippen schwebten, fuhr Veronika fort: »Sie können es mir glauben, bester Vater! dass ich den Anselmus recht von Herzen liebte, und als der Registrator Heerbrand, der nunmehr selbst Hofrat worden, versicherte, der Anselmus könne es wohl zu so etwas bringen, beschloss ich, *er* und kein anderer solle mein Mann werden. Da schien es aber, als wenn fremde feindliche Wesen ihn mir entreißen woll-

13 **schmähliches:** empörend viel

ten, und ich nahm meine Zuflucht zu der alten Liese, die ehemals meine Wärterin war, und jetzt eine weise Frau, eine große Zauberin ist. *Die* versprach mir, zu helfen und den Anselmus mir ganz in die Hände zu liefern. Wir gingen mitternachts in der Tag- und Nachtgleiche auf den Kreuzweg, sie beschwor die höllischen Geister, und mit Hülfe des schwarzen Katers brachten wir einen kleinen Metallspiegel zustande, in den ich, meine Gedanken auf den Anselmus richtend, nur blicken durfte, um ihn ganz in Sinn und Gedanken zu beherrschen. – Aber ich bereue jetzt herzlich das alles getan zu haben, ich schwöre allen Satanskünsten ab. Der Salamander hat über die Alte gesiegt, ich hörte ihr Jammergeschrei, aber es war keine Hülfe möglich; sowie sie als Runkelrübe vom Papagei verzehrt worden, zerbrach mit schneidendem Klange mein Metallspiegel.« Veronika holte die beiden Stücke des zerbrochenen Spiegels und eine Locke aus dem Nähkästchen, und beides dem Hofrat Heerbrand hinreichend, fuhr sie fort: »Hier nehmen Sie, geliebter Hofrat, die Stücke des Spiegels, werfen Sie sie heute Nacht um zwölf Uhr von der Elbbrücke, und zwar von da, wo das Kreuz steht, hinab in den Strom, der dort nicht zugefroren, die Locke aber bewahren Sie auf treuer Brust. Ich schwöre nochmals allen Satanskünsten ab und gönne dem Anselmus herzlich sein Glück, da er nunmehr mit der grünen Schlange verbunden, die viel schöner und reicher ist, als ich. Ich will Sie, geliebter Hofrat, als eine rechtschaffene Frau lieben und verehren!« – »Ach Gott! – ach Gott«, rief der Konrektor Paulmann voller Schmerz, »sie ist wahnsinnig, sie ist wahnsinnig – sie kann nimmermehr Frau Hofrätin werden – sie ist wahnsinnig!« – »Mitnichten«, fiel der Hofrat Heerbrand ein, »ich weiß wohl, dass Mamsell Veronika einige Neigung für den vertrackten Anselmus gehegt, und es mag sein, dass sie vielleicht in einer gewissen Überspannung sich an die weise Frau gewendet, die, wie ich merke, wohl niemand anders sein kann als die Kartenlegerin und

2 Wärterin: hier: Kindermädchen | **33 vertrackten:** unangenehmen

Kaffeegießerin vor dem Seetor, – kurz, die alte Rauerin. Nun ist auch nicht zu leugnen, dass es wirklich wohl geheime Künste gibt, die auf den Menschen nur gar zu sehr ihren feindlichen Einfluss äußern, man lieset schon davon in den Alten, was aber Mamsell Veronika von dem Sieg des Salamanders und von der Verbindung des Anselmus mit der grünen Schlange gesprochen, ist wohl nur eine poetische Allegorie – gleichsam ein Gedicht, worin sie den gänzlichen Abschied von dem Studenten besungen.« »Halten Sie das wofür Sie wollen, bester Hofrat!«, fiel Veronika ein, »vielleicht für einen recht albernen Traum.« – »Keineswegs tue ich das«, versetzte der Hofrat Heerbrand, »denn ich weiß ja wohl, dass der Anselmus auch von geheimen Mächten befangen, die ihn zu allen möglichen tollen Streichen necken und treiben.« Länger konnte der Konrektor Paulmann nicht an sich halten, er brach los: »Halt, um Gottes willen, halt! haben wir uns denn etwa wieder übernommen im verdammten Punsch, oder wirkt des Anselmi Wahnsinn auf uns? Herr Hofrat, was sprechen Sie denn auch wieder für Zeug? – Ich will indessen glauben, dass es die Liebe ist, die Euch in dem Gehirn spukt, das gibt sich aber bald in der Ehe, sonst wäre mir bange, dass auch *Sie* in einigen Wahnsinn verfallen, verehrungswürdiger Hofrat, und würde dann Sorge tragen wegen der Deszendenz, die das Malum der Eltern vererben könnte. – Nun, ich gebe meinen väterlichen Segen zu der fröhlichen Verbindung und erlaube, dass ihr euch als Braut und Bräutigam küsset.« Dies geschah sofort, und es war, noch ehe die aufgetragene Suppe kalt worden, die förmliche Verlobung geschlossen. Wenige Wochen nachher saß die Frau Hofrätin Heerbrand wirklich, wie sie sich schon früher im Geiste erblickt, in dem Erker eines schönen Hauses auf dem Neumarkt und schaute lächelnd auf die Elegants hinab, die vorübergehend und hinauflorgnettierend sprachen: »Es ist doch eine göttliche Frau, die Hofrätin Heerbrand!« – –

5 **in den Alten:** hier: bei den antiken Schriftstellern | 8 **Allegorie:** (lat.) Sinnbild, bildhafte Darstellung | 25 **Deszendenz:** (lat.) Nachkommenschaft | 25 **Malum:** (lat.): Übel, Krankheit | 32 **Erker:** Vorbau mit Fenstern | 34 f. **hinauflorgnettierend:** mit der Lorgnette (franz.: Brille an einem Stiel) hinaufblickend

Zwölfte Vigilie

Nachricht von dem Rittergut, das der Anselmus als des Archivarius Lindhorst Schwiegersohn bezogen, und wie er dort mit der Serpentina lebt. – Beschluss.

Wie fühlte ich recht in der Tiefe des Gemüts die hohe Seligkeit des Studenten Anselmus, der mit der holden Serpentina innigst verbunden, nun nach dem geheimnisvollen wunderbaren Reiche gezogen war, das er für die Heimat erkannte, nach der sich seine von seltsamen Ahnungen erfüllte Brust schon so lange gesehnt. Aber vergebens blieb alles Streben, dir, günstiger Leser, all die Herrlichkeiten, von denen der Anselmus umgeben, auch nur einigermaßen in Worten anzudeuten. Mit Widerwillen gewahrte ich die Mattigkeit jedes Ausdrucks. Ich fühlte mich befangen in den Armseligkeiten des kleinlichen Alltagslebens, ich erkrankte in quälendem Missbehagen, ich schlich umher wie ein Träumender, kurz, ich geriet in jenen Zustand des Studenten Anselmus, den ich dir, günstiger Leser! in der vierten Vigilie beschrieben. Ich härmte mich recht ab, wenn ich die eilf Vigilien, die ich glücklich zustande gebracht, durchlief, und nun dachte, dass es mir wohl niemals vergönnt sein werde, die zwölfte als Schlussstein hinzuzufügen, denn sooft ich mich zur Nachtzeit hinsetzte, um das Werk zu vollenden, war es, als hielten mir recht tückische Geister (es mochten wohl Verwandte – vielleicht Cousins germains der getöteten Hexe sein) ein glänzend poliertes Metall vor, in dem ich mein Ich erblickte, blass, übernächtig und melancholisch, wie der Registrator Heerbrand nach dem Punsch-Rausch. – Da warf ich denn die Feder hin und eilte ins Bett, um wenigstens von dem glücklichen Anselmus und der holden Serpentina zu träumen. So hatte das schon mehrere Tage und Nächte gedauert, als ich endlich ganz unerwartet von dem Archivarius Lindhorst ein Billett erhielt, worin er mir Folgendes schrieb:

19 **härmte mich:** grämte mich | 34 **Billett:** (franz.) Briefchen

Ew. Wohlgeboren haben, wie mir bekannt worden, die seltsamen Schicksale meines guten Schwiegersohnes, des vormaligen Studenten, jetzigen Dichters Anselmus, in eilf Vigilien beschrieben, und quälen sich jetzt sehr ab, in der zwölften und letzten Vigilie einiges von seinem glücklichen Leben in Atlantis zu sagen, wohin er mit meiner Tochter auf das hübsche Rittergut, welches ich dort besitze, gezogen. Unerachtet ich nun nicht eben gern sehe, dass Sie mein eigentliches Wesen der Lesewelt kundgetan, da es mich vielleicht in meinem Dienst als Geh. Archivarius tausend Unannehmlichkeiten aussetzen, ja wohl gar im Kollegio die zu ventilierende Frage veranlassen wird: inwiefern wohl ein Salamander sich rechtlich und mit verbindenden Folgen als Staatsdiener eidlich verpflichten könne, und inwiefern ihm überhaupt solide Geschäfte anzuvertrauen, da nach Gabalis und Swedenborg den Elementargeistern durchaus nicht zu trauen – unerachtet nun meine besten Freunde meine Umarmung scheuen werden, aus Furcht, ich könnte in plötzlichem Übermut was Weniges blitzen und ihnen Frisur und Sonntagsfrack verderben – unerachtet alles dessen, sage ich, will ich Ew. Wohlgeboren doch in der Vollendung des Werks behülflich sein, da darin viel Gutes von mir und von meiner lieben verheirateten Tochter (ich wollte, ich wäre die beiden übrigen auch schon los) enthalten. Wollen Sie daher die zwölfte Vigilie schreiben, so steigen Sie Ihre verdammten fünf Treppen hinunter, verlassen Sie Ihr Stübchen und kommen Sie zu mir. Im blauen Palmbaumzimmer, das Ihnen schon bekannt, finden Sie die gehörigen Schreibmaterialien, und Sie können dann mit wenigen Worten den Lesern kundtun, was Sie geschaut, das wird Ihnen besser sein, als eine weitläufige Beschreibung eines Lebens, das Sie ja doch nur vom Hörensagen kennen. Mit Achtung

Ew. Wohlgeboren

ergebenster
der Salamander Lindhorst
p. t. Königl. Geh. Archivarius

1 Ew.: Abkürzung von ›Euer‹ | **6 Atlantis:** mythisches Inselreich | **12 ventilierende:** zu behandelnde, zu diskutierende | **36 p. t.:** (lat.) *pro tempore*: vorläufig

Dies freilich etwas raue, aber doch freundschaftliche Billett des Archivarius Lindhorst war mir höchst angenehm. Zwar schien es gewiss, dass der wunderliche Alte von der seltsamen Art, wie mir die Schicksale seines Schwiegersohns bekannt worden, die ich, zum Geheimnis verpflichtet, dir selbst, günstiger Leser! verschweigen musste, wohl unterrichtet sei, aber er hatte das nicht so übel vermerkt, als ich wohl befürchten konnte. Er bot ja selbst hülfreiche Hand, mein Werk zu vollenden, und daraus konnte ich mit Recht schließen, wie er im Grunde genommen damit einverstanden sei, dass seine wunderliche Existenz in der Geisterwelt durch den Druck bekannt werde. Es kann sein, dachte ich, dass er selbst die Hoffnung daraus schöpft, desto eher seine beiden noch übrigen Töchter an den Mann zu bringen, denn vielleicht fällt doch ein Funke in dieses oder jenes Jünglings Brust, der die Sehnsucht nach der grünen Schlange entzündet, welche er dann in dem Holunderbusch am Himmelfahrtstage sucht und findet. Aus dem Unglück, das den Anselmus betroffen, als er in die gläserne Flasche gebannt wurde, wird er die Warnung entnehmen, sich vor jedem Zweifel, vor jedem Unglauben recht ernstlich zu hüten. Punkt eilf Uhr löschte ich meine Studierlampe aus und schlich zum Archivarius Lindhorst, der mich schon auf dem Flur erwartete. »Sind Sie da – Hochverehrter! – nun das ist mir lieb, dass Sie meine guten Absichten nicht verkennen – kommen Sie nur!« – Und damit führte er mich durch den von blendendem Glanze erfüllten Garten in das azurblaue Zimmer, in welchem ich den violetten Schreibtisch erblickte, an welchem der Anselmus gearbeitet. – Der Archivarius Lindhorst verschwand, erschien aber gleich wieder mit einem schönen goldnen Pokal in der Hand, aus dem eine blaue Flamme hoch emporknisterte. »Hier«, sprach er, »bringe ich Ihnen das Lieblingsgetränk Ihres Freundes des Kapellmeisters Johannes Kreisler. – Es ist angezündeter Arrak, in den ich einigen Zucker geworfen.

35 **Johannes Kreisler:** Künstlerfigur aus verschiedenen Texten Hoffmanns, die unter dem Titel *Kreisleriana* zusammengefasst wurden (vgl. auch Kap. 4, S. 117) | 36 **Arrak:** hochprozentiges alkoholisches Getränk

Nippen Sie was Weniges davon, ich will gleich meinen Schlafrock abwerfen und zu meiner Lust, und um, während Sie sitzen und schauen und schreiben, Ihrer werten Gesellschaft zu genießen, in dem Pokale auf- und niedersteigen.« – »Wie es Ihnen gefällig ist, verehrter Herr Archivarius«, versetzte ich, »aber wenn ich nun von dem Getränk genießen will, werden Sie nicht –« »Tragen Sie keine Sorge, mein Bester«, rief der Archivarius, warf den Schlafrock schnell ab, stieg zu meinem nicht geringen Erstaunen in den Pokal und verschwand in den Flammen. – Ohne Scheu kostete ich, die Flamme leise weghauchend, von dem Getränk, es war köstlich!

Rühren sich nicht in sanftem Säuseln und Rauschen die smaragdenen Blätter der Palmbäume, wie vom Hauch des Morgenwindes geliebkost? – Erwacht aus dem Schlafe heben und regen sie sich und flüstern geheimnisvoll von den Wundern, die wie aus weiter Ferne holdselige Harfentöne verkünden! – Das Azur löst sich von den Wänden und wallt wie duftiger Nebel auf und nieder, aber blendende Strahlen schießen durch den Duft, der sich wie in jauchzender kindischer Lust wirbelt und dreht und aufsteigt bis zur unermesslichen Höhe, die sich über den Palmbäumen wölbt. – Aber immer blendender häuft sich Strahl auf Strahl, bis in hellem Sonnenglanze sich der unabsehbare Hain aufschließt, in dem ich den Anselmus erblicke. – Glühende Hyazinthen und Tulipanen und Rosen erheben ihre schönen Häupter und ihre Düfte, rufen in gar lieblichen Lauten dem Glücklichen zu: Wandle, wandle unter uns, Geliebter, der du uns verstehst – unser Duft ist die Sehnsucht der Liebe – wir lieben dich und sind dein immerdar! – Die goldnen Strahlen brennen in glühenden Tönen: wir sind Feuer von der Liebe entzündet. – Der Duft ist die Sehnsucht, aber Feuer das Verlangen, und wohnen wir nicht in deiner Brust? wir sind ja dein Eigen! Es rischeln und rauschen die dunklen Büsche – die hohen Bäu-

26 **Tulipanen:** Tulpen (veraltet) | 34 f. **rischeln:** rascheln

me: Komme zu uns! – Glücklicher – Geliebter! – Feuer ist das Verlangen, aber Hoffnung unser kühler Schatten! wir umsäuseln liebend dein Haupt, denn du verstehst uns, weil die Liebe in deiner Brust wohnet. Die Quellen und Bäche plätschern und sprudeln: Geliebter, wandle nicht so schnell vorüber, schaue in unser Kristall – dein Bild wohnt in uns, das wir liebend bewahren, denn du hast uns verstanden! – Im Jubelchor zwitschern und singen bunte Vögelein: Höre uns, höre uns, wir sind die Freude, die Wonne, das Entzücken der Liebe! – Aber sehnsuchtsvoll schaut Anselmus nach dem herrlichen Tempel, der sich in weiter Ferne erhebt. Die künstlichen Säulen scheinen Bäume und die Kapitäler und Gesimse Akanthusblätter, die in wundervollen Gewinden und Figuren herrliche Verzierungen bilden. Anselmus schreitet dem Tempel zu, er betrachtet mit innerer Wonne den bunten Marmor, die wunderbar bemoosten Stufen. »Ach nein«, ruft er wie im Übermaß des Entzückens, »sie ist nicht mehr fern!« Da tritt in hoher Schönheit und Anmut Serpentina aus dem Innern des Tempels, sie trägt den goldnen Topf, aus dem eine herrliche Lilie entsprossen. Die namenlose Wonne der unendlichen Sehnsucht glüht in den holdseligen Augen, so blickt sie den Anselmus an, sprechend: »Ach, Geliebter! die Lilie hat ihren Kelch erschlossen – das Höchste ist erfüllt, gibt es denn eine Seligkeit, die der unsrigen gleicht?« Anselmus umschlingt sie mit der Inbrunst des glühendsten Verlangens – die Lilie brennt in flammenden Strahlen über seinem Haupte. Und lauter regen sich die Bäume und die Büsche, und heller und freudiger jauchzen die Quellen – die Vögel – allerlei bunte Insekten tanzen in den Luftwirbeln – ein frohes, freudiges, jubelndes Getümmel in der Luft – in den Wässern – auf der Erde feiert das Fest der Liebe! – Da zucken Blitze überall leuchtend durch die Büsche – Diamanten blicken wie funkelnde Augen aus der Erde! – hohe Springbäche strahlen aus den Quellen – seltsame Düfte wehen mit rauschendem Flügel-

13 **Kapitäler:** oberer Abschluss einer Säule (heute: Kapitelle) | 13 **Arkanthusblätter:** große, gespaltene Blätter, häufige Schmuckelemente an Säulenkapitellen

schlag daher – es sind die Elementargeister, die der Lilie huldigen und des Anselmus Glück verkünden. – Da erhebt Anselmus das Haupt wie vom Strahlenglanz der Verklärung umflossen. – Sind es Blicke? – sind es Worte? – ist es Gesang? – Vernehmlich klingt es: »Serpentina! – der Glaube an dich, die Liebe hat mir das Innerste der Natur erschlossen! – Du brachtest mir die Lilie, die aus dem Golde, aus der Urkraft der Erde, noch ehe Phosphorus den Gedanken entzündete, entspross – sie ist die Erkenntnis des heiligen Einklangs aller Wesen, und in dieser Erkenntnis lebe ich in höchster Seligkeit immerdar. – Ja, ich Hochbeglückter habe das Höchste erkannt – ich muss dich lieben ewiglich, o Serpentina! – nimmer verbleichen die goldnen Strahlen der Lilie, denn wie Glaube und Liebe ist ewig die Erkenntnis.«

Die Vision, in der ich nun den Anselmus leibhaftig auf seinem Rittergute in Atlantis gesehen, verdankte ich wohl den Künsten des Salamanders, und herrlich war es, dass ich sie, als alles wie im Nebel verloschen, auf dem Papier, das auf dem violetten Tische lag, recht sauber und augenscheinlich von mir selbst aufgeschrieben fand. – Aber nun fühlte ich mich von jähem Schmerz durchbohrt und zerrissen. »Ach, glücklicher Anselmus, der du die Bürde des alltäglichen Lebens abgeworfen, der du in der Liebe zu der holden Serpentina die Schwingen rüstig rührtest und nun lebst in Wonne und Freude auf deinem Rittergut in Atlantis! – Aber ich Armer! – bald – ja in wenigen Minuten bin ich selbst aus diesem schönen Saal, der noch lange kein Rittergut in Atlantis ist, versetzt in mein Dachstübchen, und die Armseligkeiten des bedürftigen Lebens befangen meinen Sinn und mein Blick ist von tausend Unheil wie von dickem Nebel umhüllt, dass ich wohl niemals die Lilie schauen werde.« – Da klopfte mir der Archivarius Lindhorst leise auf die Achsel und sprach: »Still, still, Verehrter! klagen Sie nicht so! – Waren Sie nicht soeben selbst in Atlantis, und haben Sie denn nicht auch dort wenigstens einen artigen Meierhof als poetisches Besitztum Ihres innern Sinns? – Ist denn überhaupt des Anselmus Seligkeit etwas anderes als das Leben in der Poesie, der sich der heilige Einklang aller Wesen als tiefstes Geheimnis der Natur offenbaret?«

Ende des Märchens

2 **artigen Meierhof:** hübschen, kleinen Bauernhof (von einem Pächter verwaltet)

Anhang

1. Zur Textgestalt

Der Werktext der vorliegenden Ausgabe ist seiten- und zeilengleich mit der Ausgabe der Universal-Bibliothek Nr. 101; er folgt:

> E. T. A. Hoffmann: Fantasiestücke in Callot's Manier. Bd. 2. Bamberg: Kunz, ^{2}1819. S. 79–228.

Orthographie und Interpunktion wurden auf der Grundlage der gültigen amtlichen Rechtschreibung behutsam modernisiert; der originale Lautstand und grammatische Eigenheiten blieben gewahrt.

2. Anmerkungen

Die folgenden Anmerkungen basieren in Teilen auf den Wort- und Sacherläuterungen in Paul-Wolfgang Wührl: *Erläuterungen und Dokumente. E. T. A. Hoffmann: Der goldne Topf.* Stuttgart: Reclam, 1982 [u. ö.].

5,1 **Vigilie:** Die Verwendung des Wortes als Kapitelbezeichnung findet sich gelegentlich, beispielsweise in dem Roman *Die Nachtwachen des Bonaventura* (1804). Die Bezeichnung spielt zudem auf die Tradition an, Märchen in aufeinanderfolgenden Nächten zu erzählen.

5,2 f. **Des Konrektors Paulmann Sanitätsknaster und die goldgrünen Schlangen:** Die Untertitel enthalten kurze Inhaltsangaben der Kapitel. Hoffmann nutzt diese auch, um die für den Text charakteristische Doppeldeutigkeit, den Dualismus von phantastischer und ›realistischer‹ Sehweise zu markieren.

5,4 **Am Himmelfahrtstage, nachmittags um drei:** Der unvermittelte Beginn (*in medias res*) mit genauer Zeit und Ortsangabe ist ungewöhnlich für ein Märchen.

5,5 **Schwarze Tor:** Nordwestliches Stadttor Dresdens, das zum Linkischen Bade führte; 1812 abgerissen. Das Tor ist hier nicht nur eine Ortsangabe, sondern ist in seiner unheilvollen Vorbedeutung symbolisch aufgeladen. Anselmus geht durch das Tor und damit beginnt für ihn das Märchen seiner Berufung oder »Himmelfahrt«. Erneut findet sich die Doppeldeutigkeit, auf die bereits im Zusammenhang mit dem Untertitel zur ersten Vigilie hingewiesen wurde. Vgl. zu den Schauplätzen auch die historische Karte Dresdens in Kap. 5.3, S. 126/127.

5,20 **ins Kristall:** Der Fluch des Äpfelweibs spielt auf die Wahrsagerei durch einen Blick ins Kristall an. »Kristallseherei« galt als Teufelswerk und war im Königreich Sachsen seit 1661 verboten; vgl. auch Anm. zu 10,5.

6,13 **Linkischen Bade:** Lincke'sches Bad: Ein zu Hoffmanns Zeit beliebter Ausflugsort außerhalb Dresdens.

7,2 **Unter einem Holunderbaume:** Hier begegnet Anselmus erstmals dem Wunderbaren. Der Volksaberglaube schrieb dem Blütenduft des Holunders magische Wirkung zu. Darüber hinaus existieren z. T. sich widersprechende Zuschreibungen. So soll der Holunderbaum einerseits Heilkräfte enthalten und wird als Baum des Lebens bezeichnet. Zugleich gilt er als Baum des Todes, in dem die Seelen der Verstorbenen wohnen. Er erscheint als göttlich, weil der Legende nach die Jungfrau Maria die Windel des Christuskindes unter ihm wusch, und zugleich als Baum des Bösen. Das Wort ›Hölderlin‹ bezeichnet den Baum und den Teufel.

7,17 **Bohnenkönig:** Bohnenkönig wird, wer am Dreikönigstag die in einen Kuchen eingebackene Bohne findet. Er ist König für diesen Tag, kann Befehle geben und muss am Dreikönigstag des nächsten Jahres ein Festmahl geben.

7,22 **Kümmeltürke:** Neben der Bedeutung ›Angeber‹ ist dies auch die Bezeichnung für einen Studenten aus der Umgebung der Universität Halle. Der Begriff leitet sich aus dem Kümmelanbau im Saalekreis ab. In der Studentensprache wird als Kümmeltürke aber auch ein Student bezeichnet, der aus der unmittelbaren Umgebung seiner Universitätsstadt stammt.

8,11 **verschnittenes Haar:** Seit der »Zurück-zur-Natur-Bewegung« aus der Zeit der Französischen Revolution galten Männerzöpfe als unmodern und als Ausdruck einer konservativen Haltung. Die Haare wurden »natürlich«, d. h. ohne Perücke getragen. Der Geheime Rat, der »verschnittenes Haar« nicht mag, zeigt sich darin demnach als Vertreter der alten Ordnung.

10,2 **das ist denn doch nur der Abendwind:** Anselmus sucht hier nach einer rationalen Erklärung für die seltsame Erscheinung. Dies steht im Gegensatz zum »typischen« Helden eines Volksmärchens, der die Begegnung mit dem Übernatürlichen als etwas Selbstverständliches genommen hätte. In diesem Sinne auch: »Das ist die Abendsonne, die so in dem Holunderbusch spielt« (10,13 f.).

10,5 **Dreiklang heller Kristallglocken:** Wortbildungen mit Kristall tauchen leitmotivisch im Umfeld von Lindhorst und Serpentina als Attribute des Wunderbaren auf; vgl. auch Anm. zu 5,20.

10,25 **funkelnden Smaragde:** Der Smaragd wird, ähnlich wie das Kristall, leitmotivisch verwendet und ist ebenso der Sphäre des Wunderbaren (Serpentina) zugeordnet.

11,7 f. **ihr Duft war … Flötenstimmen:** Vermischung verschiedener Sinneswahrnehmungen (Synästhesien). Hoffmann verwendet dies, um das Wunderbare zu vergegenwärtigen.

13,34 f. **Kosel'schen Garten:** Die Gartenanlage gehörte einem Nachkommen der Gräfin Cosel und Augusts des Starken (1670–1733).

14,18 **bei dem Anton'schen Garten ein Feuerwerk:** Der Garten lag am Ufer der Elbe, dem Kosel'schen Garten gegenüber. Zu Ehren Napoleons wurde am 10. August 1813 hier ein Feuerwerk abgebrannt, auf das Hoffmann hier verweist.

16,26 **Frakturschrift:** Im Gegensatz zu einer schnörkellosen Schrift (Lateinschrift) wird sie auch als ›deutsche Schrift‹ bezeichnet. Eine lateinische Frakturschrift ist eigentlich ein Widerspruch in sich.

18,9 f. **fugiertes Duett:** Lied für zwei Stimmen mit ineinander verschlungenen Melodien (Form der Fuge).

21,23 **Der Geist schaute auf das Wasser ...:** Lindhorst erzählt hier den ersten Teil der in das Märchen eingeschobenen Atlantis-Mythe.

28,5 **Wohl darf ich ... günstiger Leser:** Die Einmischung des Erzählers dient hier der Durchbrechung der Illusion. Hoffmann wendet dieses Mittel insgesamt viermal in dieser Weise an.

29,21 **jenes herrliche Reich viel näher liege:** Die Beteuerung, das Wunderbare liege in nächster Nähe, sei gewissermaßen ein Teil der Wirklichkeit, ist ein zentraler Gedanke für das »Märchen aus der neuen Zeit«, als das der »goldne Topf« im Untertitel bezeichnet wird.

39,14 **Alräunchen:** Alraune, eine in ihrer Form menschenähnliche Wurzel, entsteht nach dem Volksaberglauben aus dem Samen, den ein unschuldig Gehenkter im Todeskampf unter dem Galgen ergossen hat. Daher auch die Bezeichnung ›Galgenmännlein‹. Der Wurzel wird die Fähigkeit zugesprochen, Schätze aufzuspüren und ihren Besitzer reich zu machen.

42,20 f. **Ein langes, hagres, in schwarze Lumpen gehülltes Weib!:** Das Äpfelweib ist wie Lindhorst eine Doppelpersönlichkeit. Sie wird als Kleinbürgerin genauso wie als Hexe präsentiert.

43,35 ***ich* war ja die Kaffeekanne:** Parodie auf die Figur der Hexe, mit der diese ironisch in die Nähe des Kaffeeklatsches gerückt wird.

46,18 **Es kann aber auch sein:** Erneut versucht Anselmus, seine wundersamen Erlebnisse zu rationalisieren; hier als Wirkung des Magenlikörs.

60,12 **der Student Anselmus aus der Tiefe des Kessels:** Der Zauberspiegel der Hexe bildet das Gegenstück zum goldenen Spiegel Serpentinas. Der magische Spiegel zeigt Wunschvorstellungen.

61,1 f. **So war denn wohl alles nur ein ängstlicher Traum:** Wie

Anselmus versucht auch Veronika, die wunderbaren Erlebnisse der Äquinoktialnacht als Fieberträume zu rationalisieren.

61,30 **An den Anselmus musste sie denken:** Wie Anselmus die drei Schlänglein in Lindhorsts Smaragdspiegel erblickt, so sieht Veronika Anselmus bei seiner Tätigkeit im Haus des Archivars und kann sogar seine Gefühle beeinflussen. Bei Anselmus bewirkt dies einen zwiespältigen Seelenzustand, den er nicht begreifen kann.

67,26 **Wisse also, Geliebter!:** Serpentina erzählt den zweiten Teil der Atlantis-Mythe. Den ersten Teil hat Anselmus von Lindhorst im Kaffeehaus gehört. Damit wird die Verbindung der in der Dresden-Handlung auftretenden Personen mit dem Mythologischen hergestellt.

67,31 **Elementargeister:** die Elementargeister werden der Überlieferung nach als halbgöttliche Naturwesen den vier Elementen zugeordnet: Feuer – Salamander, Wasser – Undinen, Luft – Sylphen, Erde – Gnomen.

69,12 f. **dem entarteten Geschlecht der Menschen:** Als »entartet« wird hier die Abwertung des Wunderbaren durch die Aufklärung bezeichnet. In der Romantik wird dies als Verlust des »goldenen Zeitalters« bzw. des Paradieses wahrgenommen.

70,13 **Topf vom schönsten Metall:** Der goldene Topf, gedeutet als Symbol der Seele.

70,33–71,6 **kindliches poetisches Gemüt … Atlantis wohnen!:** Indem Serpentina Anselmus ein poetisches Gemüt zuspricht, wird deutlich, dass das Märchen nicht nur die Geschichte eines tollpatschigen und lebensuntüchtigen jungen Mannes erzählt, sondern darüber hinaus den Konflikt zwischen Künstlertum und Bürgerlichkeit aufgreift.

73,10 f. **ganz dem gewöhnlichen Leben entrückt:** Anselmus' Glaube an die Wirklichkeit des Wunderbaren wird ihm zur Flucht aus der Wirklichkeit.

73,25 **als er Serpentina zum ersten Mal:** Veronika und Serpentina sind einander doppelgängerhaft zugeordnet. Im Streit um Anselmus' Gunst sind sie Rivalinnen und gehören dabei unterschiedlichen Bereichen an: der Wirklichkeit (Veronika) und der Idealwelt, dem Wunderbaren (Serpentina).

83,33–84,33 **Anselmus wurde gewahr … holde Serpentina:** Die Gefangenschaft des Anselmus im Glas liefert einen Schlüssel zum Verständnis des Gesamttextes. Anselmus erkennt, dass er eingesperrt ist in der Welt der Rationalität, deren Täuschung er entlarvt. Dagegen wird das Wunderbare für ihn zur Tatsache. Es existiert demnach beides für ihn nebeneinander.

89,10 **dich mit dir selbst zu entzweien trachtete:** Das vieldeutige Märchen erzählt auch den Selbstfindungsprozess des Künstlers. Er hat sich gegen das bürgerliche Leben und gegen Veronika entschieden und für Serpentina und die Poesie.

97,1–36 **Ew. Wohlgeboren haben … Geh. Archivarius:** Lindhorsts Brief an den Autor macht die ›Fiktion zur Fiktion‹. Die Märchenfigur Lindhorst wird aus der Geschichte herausgelöst und bietet dem Autor an, die Erzählung zu vollenden.

97,15 f. **Gabalis und Swedenborg:** In seinem Werk *Le Comte de Gabalis, ou entretiens sur les sciences secrètes* (1670, dt. *Graf von Gabalis oder Gespräche über die verborgenen Wissenschaften*) beschäftigt sich Nicolas Pierre Henri de Montfaucon de Villars (1635–1673) mit den okkulten Geheimnissen der Welt. – Bei Emanuel Swedenborg (1688–1772) handelt es sich um einen schwedischen Wissenschaftler, Mystiker und Theosophen, der behauptete, Gespräche mit übersinnlichen Kräften führen zu können.

101,33 f. **Da klopfte mir der Archivarius Lindhorst:** Lindhorst durchbricht nochmals die Illusion und tröstet den über sein Leben klagenden Autor.

3. Leben und Zeit

E[rnst] T[heodor] A[madeus] Hoffmann
(geb. 24. Januar 1776 in Königsberg, gest. 25. Juni 1822 in Berlin)

Abb. 1: E. T. A. Hoffmann. Kupferstich nach einer Zeichnung von Wilhelm Hensel

»Die Wochentage bin ich Jurist und höchstens etwas Musiker. Sonntags am Tage wird gezeichnet und abends bin ich ein sehr witziger Autor bis spät in die Nacht.« So spricht Hoffmann über sich selbst und diese Vielfalt seiner Tätigkeiten wurde auch von seinen Zeitgenossen wahrgenommen, wie die Inschrift auf seinem Grabstein deutlich macht: »Ausgezeichnet im Amte, als Dichter, als Tonkünstler, als Maler.«

In der Selbstbeschreibung Hoffmanns werden sowohl seine vielfältigen künstlerischen Interessen als auch seine bürgerliche Berufstätigkeit deutlich. In diesem Sinne erscheint sein Leben als Doppelleben. Dem Beamten, der eine bemerkenswerte Karriere macht, steht der immer erfolgreichere Künstler und Poet gegenüber. Dabei stehen beide Existenzen durchaus in Konflikt zueinander und so wundert es nicht, dass sich dieser Konflikt auch immer wieder in Hoffmanns Figuren spiegelt.

Allerdings war Hoffmann nicht nur ein »witziger Autor«. Einfluss auf die europäische Literatur gewann er insbesondere durch seine Thematisierung der »dunklen« Seiten des Lebens, die sich in einer Reihe seiner Werke findet. Die Bezeichnungen Hoffmanns als »schwarzen Romantiker« und »Gespenster-Hoffmann« rühren daher.

Die folgende Zeittafel gibt eine Übersicht über sein bürgerliches wie über sein künstlerisches Leben. (Die Angaben zu seinen künstlerischen Aktivitäten stehen kursiv.)

1776	Ernst Theodor Wilhelm wird als dritter Sohn eines Beamten geboren. Den dritten Vornamen Wilhelm legt er später ab und nennt sich aus Verehrung für Mozart Amadeus.
1792	Beginn des Jurastudiums in Königsberg
1795	*Arbeit an zwei verlorengegangenen Romanen*
1799	*Dichtung und Komposition des Singspiels »Die Maske«*
1800	Juristisches Examen. Im Anschluss Assessor (Gehilfe in einem Amt) am Obergericht in Posen
1801	*Komposition und Posener Aufführung des Singspiels »Scherz, List und Rache«*
1802	Ernennung zum Regierungsrat. Strafversetzung nach Plozk wegen Karikaturen von Posener Würdenträgern Eheschließung mit Michaelina (Mischa) Rorer-Trzcińska
1803	*Erste literarische Veröffentlichungen: »Schreiben eines Klostergeistlichen«*
1804	Regierungsrat in Warschau
1805	*Komposition von Bühnenmusik. Aufführung des Singspiels »Die lustigen Musikanten«. Auf dem Titelblatt taucht erstmals der Vorname Amadeus auf.*

Abb. 2: Selbstporträt E. T. A. Hoffmanns

1806 Hoffmann wird nach dem Einmarsch der Franzosen in Warschau und der Auflösung der preußischen Verwaltung stellungslos.

1807 Hoffmann verweigert den Huldigungseid auf Napoleon und muss deshalb Warschau verlassen. Rückkehr nach Berlin. Hoffmann lebt in größter Not. Die Versuche, von seiner Kunst zu leben, schlagen fehl.

1808 *Kapellmeister am Bamberger Theater. Nach misslungenem Start legt er sein Amt nieder und lebt von Musikunterricht und von Theaterkompositionen.*

1809 *In der »Allgemeinen musikalischen Zeitung« erscheint seine Erzählung »Ritter Gluck«. Dies markiert den Beginn seiner Rezensenten- und Schriftstellertätigkeit.*

1810 *Arbeit am Bamberger Theater*

1813 *Musikdirektor der Secondaschen Theatergruppe in Dresden und Leipzig. Erste Ideen zum »Goldnen Topf«. Vertrag über die »Fantasiestücke in Callot's Manier«.*

Abb. 3: E. T. A. Hoffmann. Anonymes Ölgemälde (früher als Selbstporträt vermutet)

1814	*Dem Zerwürfnis mit Seconda folgt die Entlassung. Intensive schriftstellerische Tätigkeit* Wiederaufnahme der Beamtenlaufbahn in Berlin *Im Frühjahr erscheinen die »Fantasiestücke in Callot's Manier«.*
1815	*Hoffmann ist begehrter Autor.*
1816	Beförderung zum Kammergerichtsrat *Weiterhin intensive schriftstellerische Tätigkeit*
1820	Hoffmann fordert die Freilassung des Turnvater Jahn.
1821	Beförderung in den Oberappellationssenat des Kammergerichts
1822	*Skandal um die Satire »Meister Floh«* Schwere Erkrankung. Tod im Juni in Berlin

Abb. 4: E. T. A. Hoffmann, krank auf dem Bett sitzend und schreibend. Zeichnung Hoffmanns, 1814

4. Entstehungsgeschichte

Hoffmann beginnt 1813 mit der Arbeit am *Goldnen Topf*, einem »Märchen aus der neuen Zeit«. Diese »neue Zeit« war in politischer Hinsicht krisenhaft. Für Hoffmann war sie dies auch beruflich.

Er versucht künstlerisch als Musikdirektor der Secondaschen Theatergruppe in Dresden Fuß zu fassen. Neu in der Stadt, erst kürzlich zugezogen, hat er nur wenige gesellschaftliche Verbindungen. Die Stadt selbst wird im Sommer Schauplatz einer der großen Schlachten der Befreiungskriege gegen Napoleon, in deren Folge viele Tote zu beklagen sind. Hoffmann erlebt diese Schlacht und ihre Auswirkungen unmittelbar mit.

In dieser Situation also entschließt er sich, ein »modernes Märchen« zu schreiben. Die Hinwendung zum Märchen und zum Wunderbaren kann auch als ein Abwenden von der Wirklichkeit gedeutet werden.

Die folgenden Dokumente geben einen Einblick in Hoffmanns Überlegungen und Motive.

Q *»Feenhaft und wunderbar aber keck ins gewöhnliche alltägliche Leben tretend und seine Gestalten ergreifend soll das Ganze werden.«*

»In keiner als in dieser düstern verhängnisvollen Zeit, wo man seine Existenz von Tage zu Tage fristet und ihrer froh wird, hat mich das Schreiben so angesprochen – es ist, als schlösse ich mir ein wunderbares Reich auf, das aus meinem Innern hervorgehend und sich gestaltend mich dem Drange des Äußern entrückte – Mich beschäftigt die Fortsetzung [der Fantasiestücke] ungemein, vorzüglich ein *Märchen* das beinahe einen Band einnehmen wird – Denken Sie dabei nicht, Bester! an Schehezerade und Tausend und Eine Nacht – der Turban und türkische Hosen sind gänzlich verbannt – Feenhaft und wunderbar aber keck ins gewöhnliche alltägliche Leben tretend und seine Gestalten ergreifend soll das Ganze werden. So z. B. ist der Geheime Archivarius Lindhorst ein ungemeiner arger Zauberer, dessen drei Töchter in grünem Gold glänzende Schlänglein in Kristallen aufbewahrt werden, aber am H. Dreifaltigkeits-Tage dürfen sie sich drei Stunden lang im Holunderbusch an Ampels Garten sonnen, wo alle Kaffee- und Biergäste vorübergehn – aber der Jüngling, der im Festtagsrock seine Buttersemmel im Schatten des Busches verzehren wollte ans morgende Collegium denkend, wird in unendliche wahnsinnige Liebe verstrickt für eine der grünen – er wird aufgeboten – getraut – bekommt zur Mitgift einen goldnen Nachttopf mit Juwelen besetzt – als er das erste Mal hineinpisst verwandelt er sich in einen Meerkater u. s. w. – Sie bemerken Freund! dass Gozzi[1] und Faffner[2] spuken!«

E. T. A. Hoffmanns Briefwechsel. Ges. und erl. von Hans von Müller und Friedrich Schnapp. Hrsg. von Friedrich Schnapp. Bd. 1. München: Winkler, 1967. [Nr. 446.]

Der goldne Topf wird als Teil der mehrbändigen Erzählsammlung *Fantasiestücke in Callot's Manier* konzipiert. Die Veröffentlichung, die im folgenden Dokument kurz charakterisiert wird, macht E. T. A. Hoffmann zum erfolgreichen Autor. Die Fantasiestücke sind die einzige Publikation, die noch zu Lebzeiten Hoffmanns eine zweite Auflage erlebt.

Der Titel der Sammlung geht auf eine Idee von Hoffmanns Verleger, Carl Friedrich Kunz, zurück: Jacques Callot (1592–1635), ein französischer Zeichner und Kupferstecher, war insbesondere durch seine Zeichnungen und Stiche, in denen er die Gräuel des Dreißigjährigen Krieges schildert, in ganz Europa bekannt. Hoffmann setzt sich nach den Hinweisen von Kunz intensiv mit Callots Werk auseinander. In der Einleitung zu den Fantasiestücken findet seine Begeisterung für dessen Werk Ausdruck.

»Im Winter 1812/13 schlug der Verleger Kunz Hoffmann vor, dessen Schriften in einem Sammelwerk zu veröffentlichen. Zu diesem Zeitpunkt lagen zwei Erzählungen und zwei *Kreisler*-Geschichten vor, weitere waren in Arbeit. Während der Band in Druck ging, vereinbarten Kunz und Hoffmann, einen zweiten folgen zu lassen, wenig später, einen dritten und vierten anzufügen. Insgesamt enthalten die vier Bände der *Fantasiestücke*, die 1814/15 erschienen, 19 Texte höchst unterschiedlicher Art: eine Vorrede, sechs Erzählungen, darunter ein Märchen und eine weitgehend dialogisierte Geschichte, sowie zwölf unter dem Titel *Kreisleriana* zusammengefasste Schriften, davon mehrere in Briefform, ein Schauspielfragment, Musikrezensionen. So unterschiedlich wie die Gattungen Q

1 Carlo Gozzi (1720–1806), italienischer Theaterdichter und Verfasser von Märchendramen mit fantastischen Verwandlungsszenen

2 Faffner: isländisch Fáfnir. In der nordischen Mythologie Sohn des Zwergenkönigs Hreidmar. Er nimmt das Gold seines Vaters an sich, zieht sich in eine Höhle zurück und verwandelt sich dort langsam in einen Lindwurm.

Fantasiestücke
in Callot's Manier.
Blätter aus dem Tagebuche
eines reisenden Enthusiasten.

Mit einer Vorrede von Jean Paul.

Bamberg, 1814.
Neues Leseinstitut von C. F. Kunz.

Abb. 5: *Fantasiestücke in Callot's Manier.* Titelblatt, Vignette zum ersten Band, gezeichnet von Hoffmann 1813, gestochen von Carl Frosch

sind die Erzählhaltungen, die Erzählperspektiven, die Schreibarten. […]

Titel und Vorrede sind ein Bekenntnis zum Romantischen, das inhaltlich gefüllt wird mit Begriffen wie: Fantasie, sonderbar, wunderlich, wunderbar, grotesk, heterogenste Elemente, Skurrilität, Ironie. Wenn solches künstlerische Vorgehen als Callots ›Manier‹ bezeichnet wird, so verweist dieser Begriff auf ein Kunstverständnis, das Individualität und Subjektivität über das Allgemeingültige stellt. Man könne sagen – so Hoffmann wenig später im ersten seiner *Briefe über Tonkunst* –, ›dass der Stil, Gedanken, die Manier dagegen Einfälle gebäre […] bunte Capriccios, die der Laune des Individuums in subjektiver, augenblicklicher Anregung entsprießen‹ […]. Der Begriff ›Manier‹ wendet sich mithin gegen die regelgeleitete Naturnachahmung und wird zum Kernbegriff einer antiklassischen und antirealistischen Ästhetik.«

Hartmut Steinecke: E. T. A. Hoffmann. Stuttgart: Reclam, 1997. S. 59, 61.

5. Weitere Erschließungsaspekte

5.1 Wirklichkeit und Poesie

Wirklichkeit und Poesie, Fantasie und das Einbrechen des Wunderbaren in die Realität kennzeichnen den *Goldnen Topf*. Die folgenden Dokumente beschäftigen sich mit dieser Dualität und eröffnen damit den Zugang zu einer zentralen Erschließungsdimension des Werkes.

Abb. 6: Umspringbild: Salvador Dalí, Studie zum Sklavenmarkt – © Salvador Dalí, Fundació Gala-Salvador Dalí / VG Bild-Kunst, Bonn 2020

5.2 Ein Märchen aus neuerer Zeit

Hoffmann nennt seinen *Goldnen Topf* im Untertitel »ein Märchen aus der neuen Zeit«. Das Werk gehört zur Gattung der sogenannten Kunstmärchen. Der Begriff wird in Abgrenzung zum Volksmärchen verwendet. In der Romantik wird das Kunstmärchen eine wichtige Gattung. Mit ihm verbinden sich anspruchsvolle Überlegungen über einen möglichen gesellschaftlichen und individuellen Idealzustand.

E. T. A. Hoffmann: Über das Märchen

»Ich meine, dass die Basis der Himmelsleiter, auf der man hinaufsteigen will in höhere Regionen, befestigt sein müsse im Leben, so dass jeder nachzusteigen vermag. Befindet er sich dann, immer höher und höher hinaufgeklettert, in einem fantastischen Zauberreich, so wird er glauben, dies Reich gehöre auch noch in sein Leben hinein und sei eigentlich der wunderbar herrlichste Teil desselben. Es ist ihm der schöne prächtige Blumengarten vor dem Tore, in dem er zu seinem hohen Ergötzen lustwandeln kann, hat er sich nur entschlossen, die düstern Mauern der Stadt zu verlassen.«

E. T. A. Hoffmann: Die Serapionsbrüder. Gesammelte Erzählungen und Märchen. Bd. 2. Hrsg. von E. T. A. H. Berlin/Weimar: Aufbau, 1978. S. 111. [6. Kap.]

Novalis: Das echte Märchen

»In einem echten Märchen muss alles wunderbar, geheimnisvoll und unzusammenhängend sein; alles belebt. Jedes auf eine andre Art. Die ganze Natur muss auf eine wunderliche Art mit der ganzen Geisterwelt vermischt sein; die Zeit der allgemeinen Anarchie, der Gesetzlosigkeit, Freiheit, der Naturstand der Natur, die Zeit vor der Welt. Diese Zeit vor der Welt liefert gleichsam die zerstreuten Züge der Zeit nach der Welt, wie der Naturstand ein sonderbares Bild des ewigen Reichs ist. Die Welt des Märchens ist die durchaus entgegengesetzte Welt der Welt der Wahrheit und eben darum ihr so durchaus ähnlich wie das Chaos der vollendeten Schöpfung.

In der künftigen Welt ist alles wie in der ehemaligen Welt und doch alles ganz anders. Die künftige Welt ist das vernünftige Chaos; das Chaos, das sich selbst durchdrang, in sich und außer sich ist.

Das echte Märchen muss zugleich prophetische Darstellung, idealische Darstellung, absolut notwendige Darstellung sein. Der echte Märchendichter ist ein Seher der Zukunft.

(Bekenntnisse eines wahrhaften synthetischen Kindes, eines idealischen Kindes.) (Ein Kind ist weit klüger und weiser als ein Erwachsener; das Kind muss durchaus ironisches Kind sein.) Die Spiele des Kindes, Nachahmung der Erwachsenen. (Mit der Zeit muss die Geschichte Märchen werden; sie wird wieder wie sie anfing.)

Die Welt muss romantisch werden

Die Welt muss romantisiert werden. So findet man den ursprünglichen Sinn wieder. Romantisieren ist nichts als eine qualitative Potenzierung. Das niedre Selbst wird mit einem bessern Selbst in dieser Operation identifiziert. So wie wir selbst eine solche qualitative Potenzreihe sind. Diese Operation ist noch ganz unbekannt. Indem ich dem Gemeinen einen hohen Sinn, dem Gewöhnlichen ein geheimnisvolles Ansehn, dem Bekannten die Würde des Unbekannten, dem Endlichen einen unendlichen Schein gebe, so romantisiere ich es. – Umgekehrt ist die Operation für das Höhere, Unbekannte, Mystische, Unendliche – dies wird durch diese Verknüpfung logarithmisiert[3] – es bekommt einen geläufigen Ausdruck. Romantische Philosophie. *Lingua romana.*[4] Wechselerhöhung und Erniedrigung.«

Novalis: Fragmente. Hrsg. von Ernst Kamnitzer. 1., vollst., geord. Ausg. Dresden: Jess, 1929. S. 672 f.

Hartmut Steinecke: Ein Märchen aus neuer Zeit

»*Der goldene Topf* entstand 1813 und Anfang 1814. Das Werk führt den Untertitel ›Ein Märchen aus der neuen Zeit‹ und signalisiert damit als einzige Erzählung des Bandes die Zugehörigkeit zu einer traditionellen Gattung, durch den Zusatz jedoch zugleich, dass die üblichen Gattungsbestimmungen hier teilweise außer Kraft gesetzt werden.

Die ›neue Zeit‹, die Gegenwart, wird durch zahlreiche realistische Elemente aus dem Stadtbild Dresdens und aus dem Zeitgeschehen bezeugt und immer wieder eingeblendet. Die Spannung zwischen Märchen und Alltag, Wunderbarem und Wirklichem, bildet ein Strukturelement des Werkes: […] [Die] Dualität der bürgerlichen und der wunderbaren Welt zeigt sich durch einen ständigen Wechsel des Schauplatzes und des Personals. Die Welt des Bürgertums, in erster Linie repräsentiert von Konrektor Paulmann und Registrator Heerbrand (bezeichnenderweise nimmt ihr Beruf die Stelle des Vornamens ein), ist geprägt vom Streben nach materieller Sicherheit, nach normalem, nicht aus dem Rahmen des Üblichen fallenden Betragen sowie nach Anerkennung durch die Umwelt. Dieses Bürger-

3 logarithmisieren: logarithmieren: mit Logarithmus berechnen, hier: berechenbar machen, herunterbrechen

4 lingua romana: (lat., wörtl.) ›romanische Sprache‹, hier: romantische Sprache

Abb. 7: »Äpfelweib«. Kopie des Türknaufs am Haus Eisgrube 14 in Bamberg. – Foto: Gerald Raab

tum wird zwar häufig ironisch und gelegentlich (insbesondere in seinen Philister-Ritualen) satirisch gezeichnet, aber keineswegs durchgehend negativ. Der wichtigste Vertreter der Gegenwelt des Wunderbaren, der Archivarius Lindhorst, ist eine mythische Figur, ein Salamander – seine in der Atlantis-Mythe erzählte Geschichte erweist den Elementargeist als Teil einer seit der Schöpfung existierenden Geisterwelt. Seine Auseinandersetzung mit den Gegenkräften des Bösen findet in der Erzählgegenwart ihre Fortsetzung im Kampf mit der Hexe um den goldenen Topf. Und wie diese in der ›neuen Zeit‹ als Marktweib und als Kinderfrau auftritt, hat auch Lindhorst einige bürgerliche Züge angenommen: Er übt einen Beruf aus, verkehrt im Gasthaus, hat das höchst bürgerliche Problem der Versorgung lediger Töchter. Umgekehrt können auch die Bürger Anteil am Wunderbaren haben: im Traum, in der Liebe, durch den Alkohol; allerdings bleiben auch in diesen ›unwirklichen‹ Zuständen die Bürgerträume von Erfolg und Ansehen vorherrschend. Die Philister leiden nicht am Gefängnis ihrer Wirklichkeit, sie bemerken ihre Einengung nicht.«

Hartmut Steinecke: E. T. A. Hoffmann. Stuttgart: Reclam, 1997. S. 83 f.

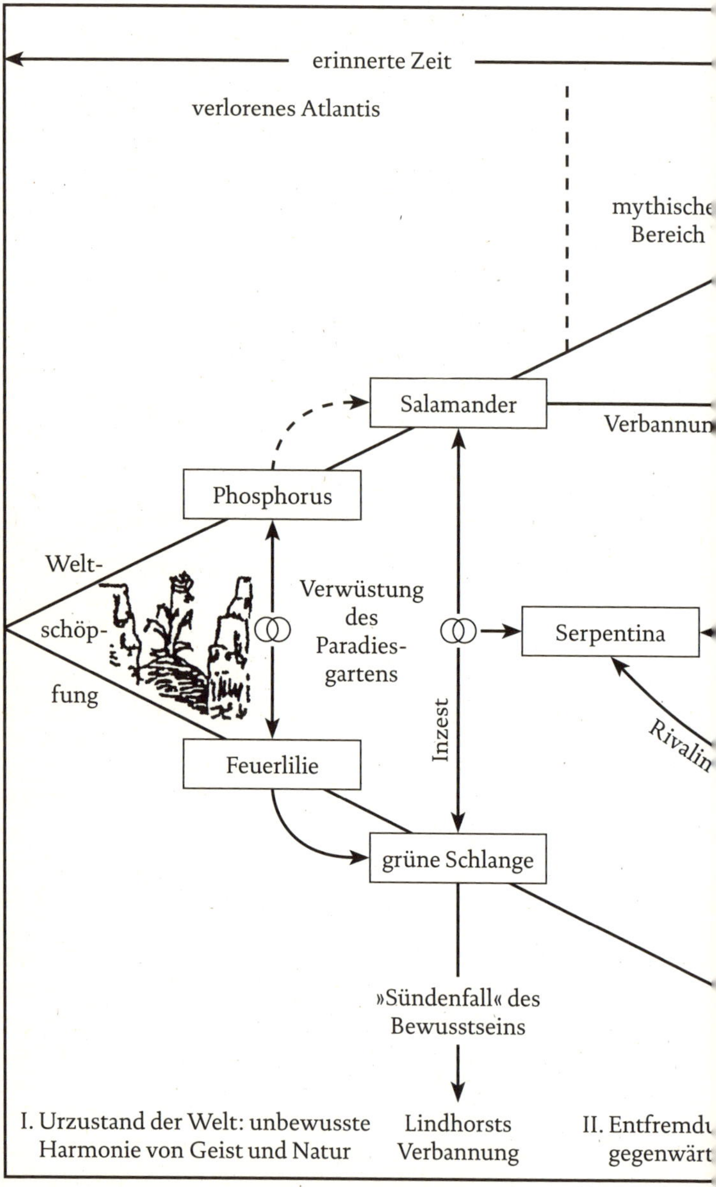

Abb. 8: Figurenraum und Geschehniskonstellation im *Goldnen Topf*.
Aus: Paul-Wolfgang Wührl, *Das deutsche Kunstmärchen*, Baltmannsweiler 2003.

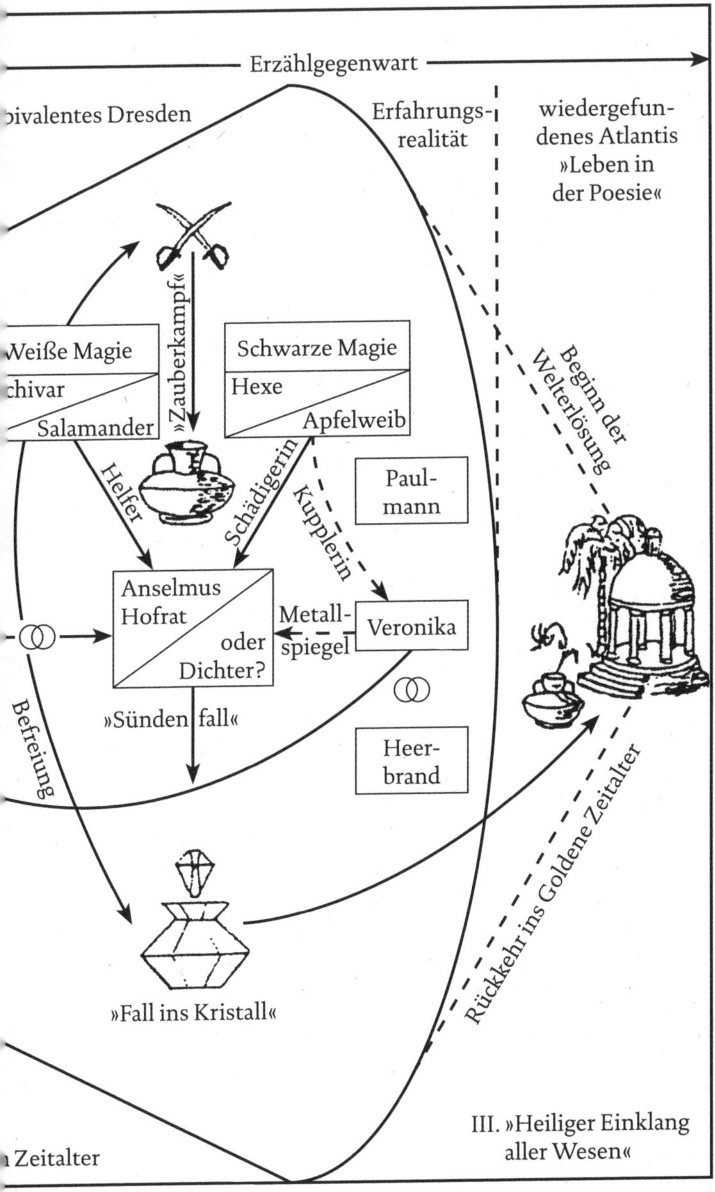

Erzählgegenwart
ɔivalentes Dresden
Erfahrungs-
realität
wiedergefun-
denes Atlantis
»Leben in
der Poesie«
»Zauberkampf«
Weiße Magie
:hivar
Salamander
Schwarze Magie
Hexe
Apfelweib
Beginn der
Welterlösung
Helfer
Schädigerin
Kupplerin
Paul-
mann
Anselmus
Hofrat
oder
Dichter?
Metall-
spiegel
Veronika
»Sünden fall«
Befreiung
Heer-
brand
Rückkehr ins Goldene Zeitalter
»Fall ins Kristall«
III. »Heiliger Einklang
aller Wesen«
ı Zeitalter

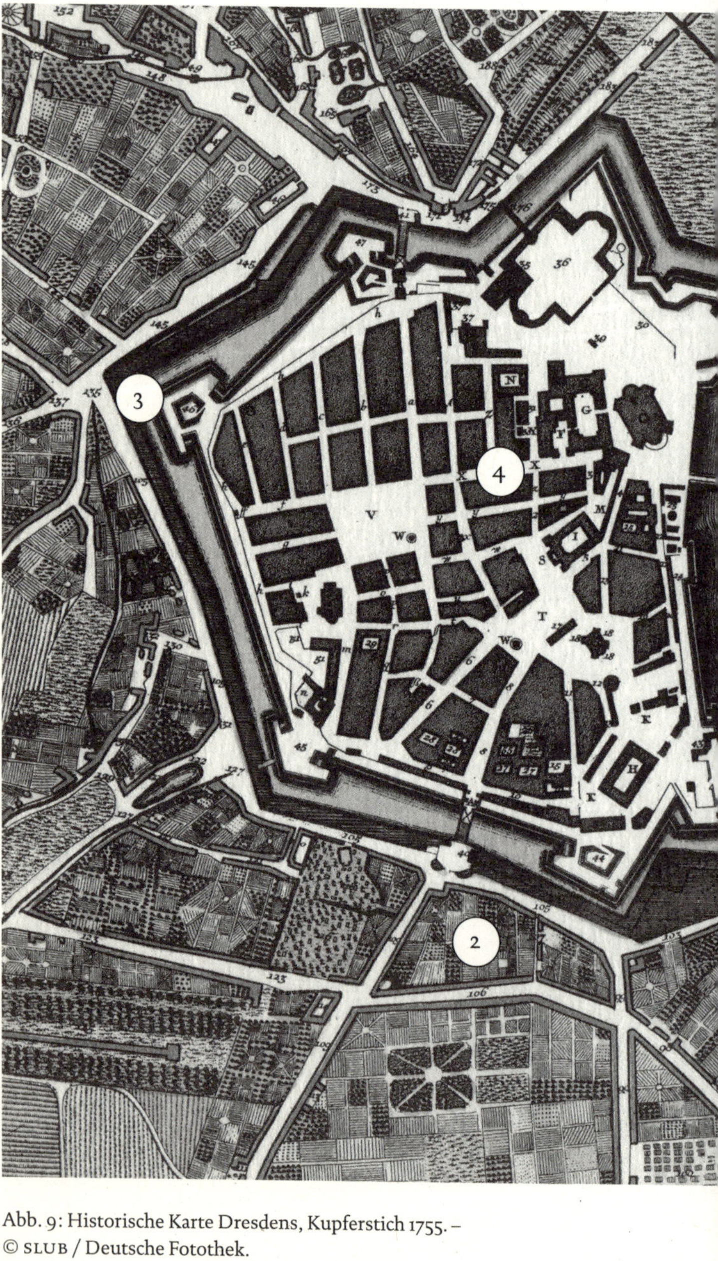

Abb. 9: Historische Karte Dresdens, Kupferstich 1755. –

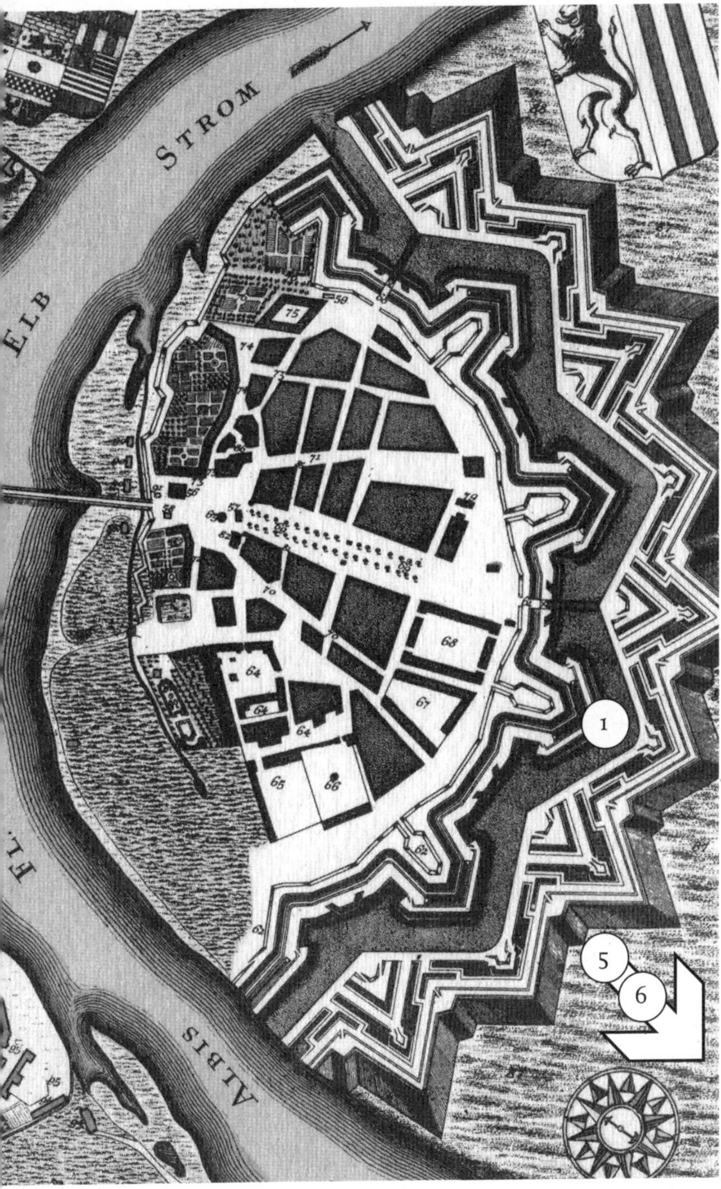

1. Das Schwarze Tor 2. Pirnaer Vorstadt 3. Seetor 4. Schlossgasse
nicht mehr auf dem Plan: 5. Cosel'scher Garten 6. Linkisches Bad

5.3 Dresden als Handlungsort des Märchens

Eine historische Stadtkarte Dresdens zeigt Abb. 9 auf S. 126/127. Im *Goldnen Topf* stellt Hoffmann die Stadt Dresden, wie er sie selbst erlebt hat, sehr realitätsnah dar. Markante Handlungsorte sind in der Karte entsprechend markiert. So kann man mit Anselmus Hoffmanns Dresden gewissermaßen durchwandern.

6. Rezeption: Begeisterung und Ablehnung

Bereits bei seinem Erscheinen löst der Text sehr unterschiedliche Reaktionen aus. Während Goethe in seinem Tagebuch vermerkt »Bekam mir schlecht« (Eintrag vom 21. 5. 1827), sprechen andere von einem »wunderschönen Märchen« (Friedrich Gottlob Wetzel, 1815).

Die folgenden Dokumente erlauben es, die wesentlichen Argumente der Befürworter wie der Kritiker des Textes nachzuvollziehen:

Friedrich Gottlob Wetzel (1779–1819), Dichter und Redakteur des *Fränkischen Merkurs* schreibt unmittelbar nach Erscheinen des dritten Bandes der *Fantasiestücke in Callot's Manier* eine enthusiastische Kritik.

»Der *dritte* Band enthält bloß das schon oben erwähnte Märchen, genannt *vom goldenen Topf.* Wenn es Werke des Genius gibt, die, gleich hoch über Lob und Tadel erhaben, den Maßstab, nach welchem sie zu messen sind, erst mit sich selbst auf die Welt bringen, so rechnen wir unbedenklich dieses wunderschöne Märchen zu jenen seltnen Geistesblüten. In der Tat wüssten wir neben ihm nichts zu nennen, als Goethes berühmtes Märchen in den Unterhaltungen Deutscher Ausgewanderter[5] und Fouqués[6] liebliche Undine; doch übertrifft der goldene Topf diese unstreitig noch an phantastischem Reichtum und kecker lebendiger Charakteristik. Die kühnste Phantasie, mit den gewagtesten Kombinationen, wie nur der Traum sie schaffen kann, in geisterhafter Lebendigkeit spielend, durchdringt sich in diesem wunderbaren Produkte mit dem reifsten Verstande und der klarsten Besonnenheit. Die dem Ganzen zum Grunde liegende Idee ist mit ebenso streng philosophischer Konsequenz durchgeführt, als mit der herrlichsten Ironie objektiviert und durch und durch beseelt, und die unvergleichliche Geschichte wird den ernsten Denker ebenso durch die geistreichste Planmäßigkeit und durch den Tiefsinn der Ideen ansprechen, als den oberflächlichsten Leser durch bezaubernde Anmut der Darstellung gewinnen und

5 1795 erschienene Novellensammlung

6 Friedrich Heinrich Karl Baron de la Motte Fouqué (1777–1843). Einer der ersten deutschen Dichter der Romantik. Seine Märchennovelle *Undine* wurde von E. T. A. Hoffmann als Zauberoper vertont (Uraufführung 1816).

festhalten: was eben der Stempel eines echt poetischen Werkes aus gediegenem Golde ist. […] Wir schließen an diese allgemeinen Andeutungen über Geist und Bedeutung des Werkes noch einige besondere Winke. Zuerst spricht uns von allen Blättern die seltene Kunst an, womit der Dichter sein Märchen auf sicheren, wohlbekannten Boden festgründet, ganz der Weise unserer gewöhnlichen Romantiker entgegen, bei denen Alles in Nebel spielt, und die ihre Dichtungen nach Spanien, Italien, Indien oder gar nach Utopien verlegen, weil sie der Kraft lebendiger Vergegenwärtigung ermangeln. Unsres Verf. Märchen spielt in Dresden und in der neuesten Zeit, sein dreister Pinsel scheut auch die nächste Nähe nicht und der Dichter treibt die Illusion so weit, dass man sich fast versucht fühlt, um nähere Auskunft über Eins und das Andere nach dem Orte selbst hinzuschreiben. Auch sind die Figuren seines Märchens mit so ergreifender Wahrheit, so hinreißender Natur gezeichnet, dass man schwören sollte, man habe sie gekannt und sei mit ihnen umgegangen. Demohngeachtet begleitet eine leise Geistermusik das Ganze vom Anfang zum Ende. Nichts ist lieblicher als die erste Erscheinung Serpentinas (der Geliebten des Anselmus) und ihrer beiden Schwestern in der Gestalt kleiner goldgrüner Schlangen. (Die Schlange hier als Symbol der Erdverwandtschaft, der Weiblichkeit, noch ohne die spätere schlimme Bedeutung.) Mit unnachahmlicher Kunst ist das wechselweise Hervortreten der gemeinen und der Wunder-Welt geschildert, je nach der innern Stimmung des Gemüts, nach der Beleuchtung von Innen heraus, und wir erinnern uns kaum, den Zauber dieser Doppelanschauung von einem andern Dichter so geisterhaft und dabei so wahr dargestellt gefunden zu haben.«

Heidelbergische Jahrbücher der Litteratur 8,2 (1815) Nr. 66. S. 1050–54.

Ludwig Börne (1786–1837), Journalist, Literatur- und Theaterkritiker anerkennt Hoffmanns literarische Leistungen, kritisiert aber, dass das Wahnsinnige im Text eine zu große Rolle spiele.

Q »In allen diesen gesammelten Erzählungen und Märchen herrscht eine abwärts gekehrte Romantik, eine Sehnsucht nach einem tieferen, nach einem unterirdischen Leben, die den Leser anfröstelt und verdrießlich macht. Es ist Phantasie darin, aber ohne den regelnden Verstand. Es ist Phantasie darin, aber nicht die hellaufflammende, schaffende, sondern eine rotglühende, zersetzende Phantasie. Wer auf Marionettenbühnen jene tanzenden Figuren gesehen hat, die Hände und Arme, dann Füße und Schenkel, endlich den Kopf wegschleudern, bis sie zuletzt als gräuliche Rumpfe, umherspringen, der hat die Gestalten der Hoffmannschen Erzählungen gesehen, nur dass diese von allen Gliedern den Kopf zuerst verlieren.«

Ludwig Börne: Gesammelte Schriften. Bd. 4. Hamburg: Hoffmann und Campe, ²1840. S. 280 f.

7. Literaturhinweise

Neubauer, Martin: Lektüreschlüssel XL E.T.A. Hoffmann: Der Sandmann. Stuttgart 2017 [u. ö.].

Oesterle, Günter: E. T. A. Hoffmann: Der goldne Topf. In: Interpretationen. Erzählungen und Novellen des 19. Jahrhunderts. Bd. 1. Stuttgart 1988 [u. ö.]. S. 181–220.

Ringel, Stefan: Realität und Einbildungskraft im Werk E. T. A. Hoffmanns. Köln/Weimar/Wien 1997.

Safranski, Rüdiger: E. T. A. Hoffmann. Das Leben eines skeptischen Phantasten. München 1984. [Auch als Taschenbuch erhältlich.]

Schmidt, Jochen: Der goldne Topf. Ein Schlüsseltext romantischer Poetologie. In: Interpretationen. E.T.A. Hoffmann: Romane und Erzählungen. Hrsg. von Günter Saße. Stuttgart 2004 [u. ö.]. S. 43–59.

Wührl, Paul Wolfgang: Erläuterungen und Dokumente. E.T.A. Hoffmann: Der goldne Topf. Durchgehend neu bearb. und aktual. Ausg. Stuttgart 2004.

Internetadressen

E. T. A. Hoffmann-Gesellschaft in Bamberg: www.etahg.de